Le monde après mon grand-père

Céline Cousteau

Le monde après mon grand-père

Fayard

Couverture : Le Petit Atelier
ISBN : 978-2-213-71725-8

Dépôt légal : septembre 2020

Pour mon fils, qui me rappelle
chaque jour par sa présence
pourquoi je me bats.

« Si je deviens président, il n'y aura plus un centimètre de terre indigène. »

Jair Bolsonaro,
président du Brésil,
janvier 2019

État d'urgence

Le monde qu'a découvert mon grand-père est en train de mourir.

Mon grand-père, c'était le commandant Cousteau, celui qui a fait parler le monde du silence et fait rêver la planète. Celui qui m'a appris à plonger dans la mer, quand j'avais neuf ans.

Partout dans le monde, de Taipei à São Paulo, il suscite encore l'émerveillement : « J'ai grandi avec lui ». « Moi aussi ! » je réponds. On l'évoque aussi avec un sentiment empreint de nostalgie, lui qui a été le témoin d'un monde que l'on ne verra plus.

Au Sommet de la Terre à Rio, en 1992, il est devenu « *Captain Planet* », héros mondial de l'environnement, seul simple citoyen aux côtés de tous les chefs d'État sur la photo, martelant la nécessité de changer de politique pour protéger les générations futures. Il est mort cinq ans après.

Trente ans plus tard, nous y sommes, dans l'état d'urgence, dans la prise de conscience de notre vulnérabilité humaine, face au climat qui se dérègle, face aux pandémies qui mettent à l'arrêt un monde entier et nous rappellent, presque incidemment, notre dépendance à l'égard des conditions biologiques et environnementales.

Mon grand-père n'était pas né écologiste. Son cri d'alarme est venu des tripes, de ce qu'il a vu et ressenti en explorant le monde. Qu'allait-il chercher en Amazonie, en Antarctique, en Patagonie ? Sans doute la même chose que moi, le sentiment de faire partie d'un tout, de se reconnecter à la planète, à l'océan, à la terre, à tout ce qui nous nourrit et nous fait vivre.

Je m'appelle Céline Cousteau. J'ai toujours su que j'aimais la mer et la nature, que je dépendais d'elles. Je n'ai pas eu à l'apprendre. À la maison, personne ne m'a jamais dit, comme je le répète à mon fils de huit ans, Félix, tel un disque rayé : « Il faut protéger la Terre, les arbres, les gens. » Toute cette histoire coule dans mes veines depuis ma naissance et jamais je n'ai pensé, petite, que tout ça disparaîtrait un jour.

Je suis née en 1972, mon grand-père parcourait déjà le monde depuis vingt ans. Les mentalités commençaient à évoluer. Protéger l'environnement devenait nécessaire, mais il n'y avait encore aucune trace de cette anxiété généralisée qui s'impose à nous, nous habite, et me fait répondre à Félix, quand il me dit : « Maman, je veux un hamburger », « Est-ce que tu sais d'où vient la viande ? » Quand je demandais un steak à ma mère au même âge, il ne lui serait pas venu à l'idée de me demander si je savais s'il était gavé d'antibiotiques ou non. À cette époque-là, on n'y pensait pas, ou pas beaucoup, on pensait à découvrir, à partager, rien de plus. Quand je voyais mon grand-père, ma grand-mère Simone, mon père Jean-Michel et ma mère Anne-Marie partir en expédition avec lui, je ne me disais pas : « Ils vont sauver la planète. » Quand il parle de moi, Félix dit : « Ma mère, elle défend la jungle. » Je ne sais pas si je dois m'en féliciter ou en pleurer.

La jungle est entrée en moi à neuf ans. Je suis partie en Amazonie rejoindre ma famille lors d'une Expédition. Celle-ci a duré plus de dix-huit mois. Pendant quelques semaines, j'ai navigué dans des eaux à l'époque relativement inconnues, j'ai conduit un Zodiac, j'ai attrapé des piranhas. Je me suis même occupée d'un petit ouistiti pygmée qui vivait accroché toute la journée à mes cheveux.

Ces souvenirs, ces sensations ont laissé en moi une trace si claire qu'ils ont contribué à faire de moi l'adulte que je suis, à forger ce rapport que j'entretiens aujourd'hui avec la nature et les animaux.

Faites une expérience, vous aussi. Pas besoin d'aller jusqu'en Amazonie.

Laissez votre esprit vagabonder, pensez à vos propres expériences, aux leçons que vous avez apprises enfant, à ces moments de vie qui ont influencé la personne que vous êtes et la façon dont vous raisonnez. Voyez si ces souvenirs vous mènent à quelque chose que vous avez aimé, ressenti, compris il y a longtemps, puis que vous avez oublié ou négligé.

Je crois que les sensations, et plus particulièrement celles de l'enfance, font de nous ce que nous sommes.

Mon enfance à moi m'a fait respirer le poumon de la Terre. J'ai voulu retourner en Amazonie à des années d'intervalle, être de ces 7 000 indigènes isolés sur 85 000 kilomètres carrés de jungle qui recouvrent la vallée de Javari. Je me suis ressourcée auprès de ces hommes et ces femmes qui n'intellectualisent pas leur relation avec la nature mais la vivent. Auprès de ces tribus, au milieu de ces arbres majestueux, j'ai appris une leçon essentielle : il faut se souvenir de ce que c'est, survivre.

Parce que nous y serons sans doute contraints un jour pas si lointain, nous, nos enfants, ou nos petits-enfants.

Si comme eux, nous devions chaque jour chasser, pêcher, planter et récolter pour manger, nous serions bien plus en lien avec notre environnement. Nous le comprendrions mieux et le respecterions plus, au gré du changement des saisons et du climat. C'est ce sentiment de survie qui a maintenu les indigènes dans un équilibre naturel, dans une interdépendance avec leur communauté, leur famille, pour pouvoir ensemble se nourrir, grandir, vivre et survivre, procréer et voir l'avenir.

Je crois que beaucoup d'entre nous vivent aujourd'hui comme des êtres totalement hors sol, centrés sur eux-mêmes. Nous avons perdu toute connexion à ce qui nous fait vivre, respirer, à ce qui nous nourrit. Nous avons créé une déconnexion là où il n'y en avait pas. Le Nord, le Sud, les hommes, les animaux, les plantes, les favorisés, les défavorisés, nous faisons tous partie d'une immense tribu humaine, d'une tribu-monde qui vit sur la même planète et en dépend. Nous dépendons tous les uns des autres et de l'air que nous respirons, et quel meilleur exemple que celui de la pandémie de Covid-19 pour le prouver ? « Dans la contagion, nous redevenons une communauté », nous dit Paolo Giordano[1]. Cette prise de conscience arrive malheureusement très tard.

Il ne suffit plus de dire, comme mon grand-père : « Les gens protègent ce qu'ils aiment. » Car les temps ont changé, et il y a urgence.

Si nous nous souvenons de ce qu'est la survie, alors nous protégerons notre environnement et par là même notre avenir. Nous en sommes tous capables.

Un jour, en 2007, lors d'une expédition en Amazonie brésilienne, j'ai croisé la route d'un homme de la tribu des Matis, Bina Tuku Matis. Je lui ai posé cette question : « Bina, que signifie

1. Paolo Giordano, *Contagions*, Seuil, 2020.

pour vous vivre durablement dans votre environnement ? » Il m'a dévisagée à l'oblique. J'ai reformulé ma question sur le développement durable, pensant à un malentendu imputable à la langue : « Comment vivez-vous en équilibre avec la nature ? » Cette fois, il m'a regardée comme on regarderait un extraterrestre : « Quand je vais à la chasse, je ne tue que les animaux dont j'ai besoin pour nourrir ma famille. Et quand je coupe un arbre pour construire un canoë ou une maison, j'en replante un. »

La raison pour laquelle il ne m'avait pas comprise, c'est qu'il n'existe pas pour lui de mot pour décrire un mode de vie naturel, parce qu'il n'y a pas d'autre façon de vivre pour eux que la leur, en accord avec l'environnement : soit tu vis en équilibre avec la nature, soit tu meurs.

Quant à nous, nous sommes obligés d'imaginer un concept, de théoriser la notion de « développement durable », de « manger bio », de repenser une alimentation en équilibre avec les saisons. Nous nous sommes rendu compte que le système bâti par notre intelligence pour exploiter au maximum les ressources de la terre et de la mer et pour manger hors saison nous a poussé à la destruction et au gaspillage. Nous consommons trop, nous menons notre planète au déséquilibre.

Nous qui nous pensions définis par notre volonté, notre sentiment de toute-puissance humaine et nos choix, nous sommes rattrapés par notre vulnérabilité au premier virus pandémique venu de l'autre bout du monde. À force de déstabiliser l'écosystème, de déboiser, de pousser les animaux hors de leur habitat naturel, nous détruisons tout.

Seule l'expérience de nos limites et de notre interdépendance peut nous obliger à nous sentir concernés par ce que vit l'autre, par le monde dans lequel nous vivons.

Aujourd'hui, nous y voilà. Nous sommes arrivés à ce moment crucial de prise de conscience de notre dépendance à notre environnement, au sens le plus général du terme. Une prise de conscience qui peut devenir un enseignement et une force. Il nous faut repartir des choses simples, de nos origines. Puis passer à l'action. Cela ne signifie pas nier la technologie ou le progrès, ne plus prendre l'avion et rouler en carriole. Cela veut dire : réfléchir à ce qui est nécessaire ou pas.

Tous les jours, tous les matins, tous les soirs, nous devons être conscients de nos décisions, les comprendre. Réaliser que nous pouvons faire quelque chose qui sera un supplément de vie pour notre planète. Rechercher un sentiment d'appartenance qui sera aussi un but, un but qui sera quelque chose de plus grand que soi et nous reconnectera à la tribu humaine mondiale.

Car nous n'avons plus qu'un seul choix pour vivre en équilibre avec notre environnement et les uns avec les autres.

J'ai peur qu'après l'épidémie de Covid-19 tout redevienne comme avant, que l'on oublie ce qu'on a appris – que tout est lié.

Prendre soin des autres, de la nature, c'est prendre soin de soi.

Tout instant présent est influencé par l'action qui l'a précédé.

Depuis des années, je pense à ce livre.

J'ai voulu l'écrire parce qu'il n'y a plus le temps.

Penser à la jungle

Chaque jour, je pense à la jungle. Quand je suis chez moi, à la maison, j'y pense. Je pense à ces hommes, ces femmes et ces enfants en voie d'extinction silencieuse, là-bas, à couvert sous le toit du monde. Je pense à la prochaine fois où j'y retournerai, au terme d'un si long voyage. Je pense à cet homme croisé sur la rive de l'Amazone, dans mon enfance. Il voulait nous vendre ses bananes, il n'avait presque rien à manger, et il nous a offert avec sa femme tout ce qu'ils avaient.

Tourbillon de sensations, de couleurs, d'images.

La planète brûle. L'Australie hier, l'Amazonie avant-hier, et demain quoi d'autre ?

Comme une flamme qui tremble sous un ciel de cendres et qui s'éteint, petit à petit.

L'Amazonie, la plus grande forêt de la planète, s'étend sur neuf pays d'Amérique du Sud. C'est le plus grand réservoir de biodiversité au monde, accueillant 80 % des espèces présentes sur la Terre : 40 000 espèces végétales, 427 espèces de mammifères, 1 294 espèces d'oiseaux, environ 3 000 espèces de poissons. En cinquante ans, 17 % de cette richesse ont été perdus à cause de la déforestation. Des centaines de milliers de kilomètres carrés d'arbres sont partis en fumée ou passés à la coupe rase. Derrière, une bataille impitoyable pour capter les gigantesques réserves de terre et de matières premières.

Si l'Amazonie chavire, les effets seront globaux. Un crime contre l'humanité.

***

Mon premier souvenir de l'Amazonie, il est au fond de mes yeux. Une toute petite *Calypso* blanche sur un immense fleuve marron, bordé de part et d'autre de vert sombre. Un infiniment petit dans un infiniment grand. Une vue du ciel, depuis un hélicoptère, qui n'a cessé de m'obséder et de me guider.

J'ai neuf ans, c'est ma première « expédition ». Mon grand-père est venu me chercher dans notre maison de Norfolk, en Virginie, aux États-Unis, pour m'embarquer dans sa grande aventure amazonienne. Nous sommes en 1982. Après cinquante-deux expéditions océanographiques en trente-deux ans, le Commandant s'attaque à l'eau douce, au fleuve le plus fascinant du monde, son rêve d'enfant. Il tient à ce que je sois du voyage pendant les vacances scolaires, il l'a demandé à ma mère : la prochaine génération doit s'inscrire dans l'histoire. Ce grand-père-là ne m'a jamais emmenée faire du cheval, il n'est jamais venu faire du toboggan avec moi, mais il m'emmène voir du paysage sur ce bateau qui fut l'acteur de la plus fabuleuse aventure du siècle. Je débarque dans la moiteur tropicale avec mes taches de rousseur et mon pyjama.

Une chaleur lourde qui colle et me suit partout, jusque dans ma cabine à peine plus grande qu'une douche, trois marches sous celle de mes grands-parents, qui jouxte les cuisines. Ici, sur ce bateau, je me sens comme à la maison. La *Calypso*, je peux l'arpenter à l'aveugle, c'est un peu mon terrain de jeu, à Norfolk. Mes parents et moi, nous y avons déménagé pour nous rapprocher du travail de la famille. La ville, qui accueille déjà une base navale, a aménagé pour *The Cousteau Society*[1] des conditions idéales : un mouillage au port à l'année, des bureaux. Lorsque mon oncle Philippe, le cadet de mes grands-parents, est mort dans un accident d'hydravion, mon père Jean-Michel s'est mis à travailler avec mon grand-père. Il avait déjà aidé à la logistique de plusieurs expéditions.

Notre place à tous est donc logiquement à Norfolk, et quand la *Calypso* est amarrée dans les docks et non quelque part sur le globe, j'aime aller courir jusqu'au bas de l'étrave blanche et coller mon nez aux hublots percés à 3 mètres de la ligne de flottaison pour regarder la mer, ou bien je monte sur le pont, à la proue, je ferme les yeux et je m'imagine fendre l'eau bleue.

Celle de l'Amazone autour de nous a la même couleur que mon café au lait. Je n'en ai jamais vu de telle, gigantesque masse boueuse qui semble refermée sur ses secrets, ses milliers d'espèces, ses anguilles électriques, ses raies

1. La fondation de mon grand-père.

pastenagues, ses anacondas, ses poissons aux formes archaïques. De la plage avant, je fixe l'opacité du plus long fleuve du monde comme si j'allais subitement en voir jaillir un dauphin rose. L'Amazone, m'explique mon grand-père adossé à la grande roue de barre cuivrée, tient sa couleur brune des tonnes de sédiments andins qu'il charrie vers l'océan. Depuis sa source au mont Mismi dans les Andes, il roule sur 6 280 kilomètres, peut mesurer plus d'une douzaine de kilomètres de large, jusqu'à soixante pendant la saison des pluies, et son débit est de loin le plus élevé de tous les fleuves de la planète. Il est si puissant qu'il expédie dans l'Atlantique un panache d'eau douce et de sédiments de plus de 300 kilomètres de long que l'on peut voir de l'espace !

J'écoute cet exposé les yeux flottant dans les nuages accrochés à la canopée. La leçon se termine. L'endroit n'a rien d'un jardin pour enfants. Sur le pont du bateau, un méli-mélo de cordages, de combinaisons, d'outils, de scientifiques, de plongeurs, Albert (dit Bébert), Henri, Michel, Raymond, Guy, André... Ces hommes mus par la même fièvre ont plongé sous des icebergs, visité l'Atlantide, remonté le Nil. Personne n'est là pour s'amuser avec moi, pas même mon grand-père. La *Calypso* taille sa route sur l'Amazone, navire de travail et d'aventure. C'est pour moi une croisière magique.

Un matin, j'observe le biologiste marin en train d'immerger depuis le pont tout un matériel d'échantillonnage (dragues, sondes paramétriques...) pour mesurer la teneur de l'eau en oxygène, en chlorophylle, en salinité et autres phénomènes qui m'échappent. Michel, l'électronicien-radio, un homme à la moustache énorme et tombante, me prend par l'épaule : « Viens, on va faire un tour en bateau. »

Nous voilà dans le Zodiac en direction d'une plage mangée par d'immenses arbres qui bouchent la vue du ciel. Devant nous, la jungle se déploie, massive, mystérieuse. Michel m'aide à descendre sur la rive et, les deux pieds plantés dans le sable, il se tourne vers moi et me dit : « Tu vas là-bas, près de l'arbre, tu te retournes et tu ne regardes pas. »

Je m'exécute, le nez à la même hauteur que les grandes herbes qui dessinent la frontière avec la jungle derrière. Dans les arbres, j'entends des singes crier, j'ai l'impression que mille yeux invisibles me regardent depuis les feuillages. C'est long.

« C'est bon, tu peux te retourner ! »

Soudain, tout n'est plus que silence et des centaines de petits papillons s'envolent du sable dans une féerie d'or et de vert. Ils palpitent dans l'air comme dans un bal de lumières.

« Comment tu as fait ? »

Michel se rengorge : « J'ai appelé les papillons. »

Je comprendrai le tour de magie des années plus tard en observant les mêmes papillons autour d'une bouche d'égout, attirés par le sel contenu dans l'urine !

L'enfance est un pays merveilleux.

L'Amazone est un être vivant, comme moi, comme vous. Au fil des jours, je vois le fleuve muer, les fonds bouger, le niveau de l'eau monter ou descendre selon les précipitations dans les Andes. Certains matins, les flots me paraissent plus puissants, charriant les épaves de la forêt, des troncs d'arbres entiers, comme des brins de paille. Accoudée au bastingage sous la trouée du ciel, je m'imagine être l'un d'eux. Je cherche, les yeux fouillant l'eau brunâtre, les ondulations de l'une des 2 500 à 3 000 espèces estimées du bassin de l'Amazone, les autres restant à découvrir, pendant que dans « le carré », derrière, mon grand-père déplie ses cartes ou écoute les poissons.

Un soir, des bruits étranges me parviennent du carré. Une rumeur rauque, des dizaines de « voix » de poissons enregistrées par les hydrophones immergés dans l'eau boueuse par l'ingénieur du son et le bioacousticien du bateau… Mon grand-père les compare à la cacophonie de la forêt amazonienne, à ces grognements, ces sifflements que l'on entend la nuit comme le jour et qui bruissent en continu au travers de l'épais manteau vert. Le rire de mon grand-père ricoche contre les murs : et si ce bavardage subaquatique, ce « langage » complexe, sans doute le produit d'une adaptation à la vie dans ce milieu aveugle, était aussi la source des légendes des caboclos, ces habitants du bassin amazonien, selon lesquelles il existe des villes hantées au sein même du fleuve ?

Les poissons parlent, comme les autres animaux, comme tous les êtres vivants. Voilà une donnée qui fait son nid dans ma tête de petite fille comme si c'était une évidence, que les poissons parlent.

La source de tout ce que je crois. Nous faisons partie d'un tout, de la longue chaîne du vivant. L'homme n'est qu'un parmi tous les autres et il en dépend.

Je marche dans le sable dans un *moonwalk* inversé, des grenouilles minuscules m'assaillent à chaque pas et sautent dans tous les sens. Je suis une géante pour ces créatures qui se confondent avec le sable et dont les yeux globuleux n'ont jamais vu une petite fille blanche. En faisant glisser mes pieds parmi elles, j'ai l'impression de séparer un océan de grenouilles. Je marche sur la vie. Tous les jours, les hommes du bateau me concoctent des petites expéditions qui marqueront toute mon enfance.

« Viens, Céline, il faut que j'aille attraper des poissons pour l'aquarium, on va les étudier. » Un scientifique m'embarque dans un canoë tout mince qui se glisse plus facilement que le Zodiac dans des affluents plus étroits. Nous nous arrêtons au milieu de l'eau : « En fait c'est pour attraper des piranhas. »

Des piranhas ? J'ai toujours entendu dire que ces poissons sont craints par les gens de la rivière au moins autant que le candiru, un poisson-chat de la taille d'une allumette, aussi appelé « poisson vampire du Brésil », qui, au moment où un homme ou une femme va uriner sur le bord, s'introduit dans l'urètre, le vagin ou l'anus et s'y installe en déployant ses épines pour sucer le sang, au point qu'il est impossible de l'en déloger sans un recours à la chirurgie !

La pénétration provoque une douleur atroce ! En face de moi dans le canoë, le scientifique n'a pas l'air inquiet. Il sort sa canne à pêche et la plonge dans l'eau avec un morceau de viande en guise d'appât.

Nous n'attendons pas longtemps. Le chercheur éjecte de l'eau un piranha aux dents triangulaires, tranchantes comme des canines, et aux flancs d'argent lavés de rouge vif, un autre suivra assez vite. Les deux finissent à nos pieds, que je maintiens à 50 centimètres du sol du canoë durant tout le retour vers la *Calypso*.

La réputation des piranhas est en fait exagérée. Dans ce pays d'esprits, ils ont fait naître beaucoup de légendes. Il ne faut simplement pas saigner quand on se baigne dans l'Amazone…

Nous voguons depuis des jours et des jours et nous n'avons encore vu personne, pas âme qui vive, seul ce vert compact qui ne laisse entrevoir aucune déchirure. Et puis, un après-midi, sur la berge, une tache qui bouge.

Un homme avec des bananes au bout des bras. Il nous fait un signe de la main. Il veut nous en vendre.

Nous embarquons dans le Zodiac avec deux membres de l'équipage. Me voilà pour la première fois en pleine jungle, enchevêtrement dense de feuilles, de branches et de lianes. Un cortège de fourmis légionnaires semble nous ouvrir le chemin. Ne pas le quitter, ne pas quitter mes pieds des yeux, le moindre pas de côté pourrait vite m'attirer une morsure. Il fait sombre, sous les frondaisons. Un long moment, nous cheminons dans un silence entrecoupé par les cris rauques des aras, nous traversons une petite rivière sur un tronc puis nous arrivons, enfin, dans une petite clairière. Au milieu, une hutte ouverte, plantée sur des pilotis pas très hauts, avec un toit en palmes de bananier. À l'intérieur, une femme est assise devant un feu.

Notre guide nous conduit non loin, près d'une grappe de bananiers hauts de deux fois ma taille et gorgés de bananes. Je n'en avais jamais vu qu'au supermarché ! Sa machette s'abat sur la tige dans un bruit sec. Mais pourquoi coupe-t-il la plante et pas seulement les bananes ? J'apprendrai plus tard que, pour que le bananier pousse et produise des bananes, il faut couper le pied mère pour que les rejets, tout autour, produisent à leur tour des fruits.

« Venez manger quelque chose avec nous », nous fait-il comprendre en espagnol.

Nous faisons signe que non, nous n'osons pas. Il insiste. Nous nous asseyons autour de la flamme, elle danse sur les visages des enfants nus qui jouent à côté avec un bâton. Ils ont le même âge que moi. Assise avec les grands, je les regarde sans détacher mes yeux. Ils sont absorbés dans leur jeu, je meurs d'envie d'y entrer, moi aussi. Ils n'ont pas de jouets comme moi dans ma chambre, ils jouent avec un simple bâton et ne réclament rien d'autre quand je passe mon temps à demander plus de peluches à ma mère.

Il n'y a plus de ciel, plus de temps. Au-dessus de nous, seule la voûte des arbres. La jungle s'est refermée comme un cocon sur eux et nous. La mère des enfants nous tend dans sa main ce qu'elle a cuit sur le feu. On dirait une pomme de terre, je croque dedans, c'est bon. Je ne ferai l'association que quand je reviendrai ici, adulte, et que je remangerai du manioc. Je n'en connaissais pas le nom mais le goût m'était resté.

Ces gens-là n'avaient qu'une seule chose à manger, ils ne nous connaissaient pas, ils nous ont invités à nous asseoir avec eux, sur leur sol, et ils ont insisté pour partager tout ce qu'ils avaient.

Il m'arrive très souvent de repenser à eux, quand je suis tentée de consommer trop, bien plus que je n'en ai besoin, ou de compliquer ma vision du bonheur.

Je crois que le bonheur peut être simple, à l'image de cet instant, qu'il peut se situer dans l'expérience d'un moment, d'un partage, dans une sensation, une connexion avec une autre personne, avec la nature, bien plus que dans une quête matérielle farouche ou une construction intellectuelle.

Je sais que les indigènes peuvent nous apprendre beaucoup de choses.

Une seule et même famille

Il s'appelle Kukus. J'en parle comme d'un cousin, d'un parent à la fois familier et lointain, parce que j'ai l'impression de l'avoir toujours connu. Il a toujours été là, en photo, sur un mur de la maison. Avec sa coiffe de plumes d'ara Macao, données par l'une de ses belles-filles préférées, ses cheveux noirs tombant en cascade dans son dos, et ses peintures sur les joues, on dirait un Sioux. Kukus est le chef des Jivaros Achuaras. Il a sept femmes, vit dans un village de cabanes de palmiers chontas, et c'est ma mère, Anne-Marie, qui l'a photographié et posé là, au-dessus du canapé, sur le mur du salon.

Toute mon enfance, j'ai vu ma mère penchée sur sa table de lumière, l'œil vissé à sa loupe, aux centaines de diapositives alignées devant elle en rangs serrés.

« Maman, tu regardes quoi ? »

Ma mère voit passer les trésors du monde, s'émerveille, soupire en silence, hausse un sourcil, puis l'autre, sourit. Qu'observe-t-elle, le regard ainsi agrandi ? Que fait-elle, elle qui a toujours vécu dans l'ombre de son mari comme ma grand-mère a vécu dans l'ombre géante du sien, ayant décidé de céder la vedette au Commandant, passant trois décennies à bord de la *Calypso* à fuir les caméras ?

Choix délibéré pour l'une, d'une époque pour l'autre. Faut-il que les hommes épousent l'ombre et les femmes la lumière ?

Mon grand-père et mon père me racontent la mer, le corail, les dauphins, leur dernière trouvaille au fond de l'eau. Maman me raconte, de sa voix aussi claire que profonde, des histoires d'hommes et de femmes de la jungle, de Papouasie, d'un autre monde à la fois si proche et si loin d'elle, la petite fille de Rodez, qui a rêvé la planète avant de la parcourir et déclarait à treize ans à ses parents qu'elle irait travailler avec le docteur Schweitzer, en Afrique. Un jour.

Ma mère a été photographe dans les expéditions de mon grand-père pendant treize ans. Dès que j'ai eu neuf ans, trois mois par an, je la voyais s'en aller, toute petite sous son gros sac débordant de son dos, enrôlée dans l'équipe de terre. Les expéditions utilisaient tous les moyens possibles pour sonder de nouveaux territoires. Il y avait bien sûr la *Calypso*, mais aussi parfois un hydravion ou un hélicoptère, qui voyageaient eux aussi sur le bateau. Des équipes étaient dévolues à la mer, d'autres à la terre, et toutes s'exilaient un certain temps dans les milieux les plus reculés pour observer, filmer, explorer des sujets prédéfinis. Et ma mère partait elle aussi à bord de ces engins, seule femme parmi les hommes. Partir, pour moi, voulait forcément dire partir loin, longtemps, et ne plus être joignable. À l'époque, il n'y avait ni téléphone portable ni Internet. Que mon grand-père ou ma grand-mère ne puissent pas être contactés était normal, je ne vivais pas auprès d'eux. Maman, c'était différent. Elle m'appelait seulement quand elle arrivait dans un hôtel, après un mois ou plus passé au milieu de nulle part. Quand le téléphone sonnait dans la maison, je savais que c'était elle. D'instinct.

« Allô ma puce ! Tout va bien ! Toi, comment vas-tu ma chérie ? »

Mon père était né avec des palmes aux pieds. En revanche, rien n'avait dicté les pas de ma mère dans la vie, rien ne la destinait à cette vie-là. Née en 1940 d'un père pilote de l'armée de l'air, parti au combat dès le début de la guerre, et d'une mère au foyer, ma mère a passé toute son enfance dans la campagne de Rodez, dans le sud de la France. La ville était occupée, dehors, les soldats allemands patrouillaient, il fallait se taire, fermer les volets, les rideaux. Dans la maison familiale, la petite fille passait son temps la tête dans les livres qu'elle glanait dans la bibliothèque et un grand atlas qu'un oncle avocat à Paris lui avait offert. Un objet merveilleux, cet atlas en noir et blanc, il avait pour ma mère quelque chose de quasi religieux. « Mais va courir au lieu de rester toujours dans cet atlas ! » lui disait sa mère. Et la mienne tournait une autre page comme on pousse la grille d'un jardin en friche.

En 1958, ma mère monte à Paris préparer le concours des Arts déco, s'ouvrir une fenêtre sur le monde. En avril, il ne fait pas encore si beau, dans la capitale. Dans un café entre un homme bronzé portant barbe et cheveux longs de baba californien, mon père, de retour d'une expédition en mer Rouge.

Après des études à l'École spéciale d'architecture (il veut construire des villes sous la mer), il emmène ma mère à Madagascar puis aux États-Unis. Quand, en 1979, son frère Philippe meurt dans un terrible accident d'hydravion, mon grand-père lui demande de lui succéder et de travailler avec lui au sein de sa fondation, sans quoi il laissera tout tomber. L'idée de voir le monde n'a pas quitté ma mère. Pour suivre mon père à travers le globe, elle entreprend des études de photographie à l'UCLA, l'université de Californie à Los Angeles, puis se voit vite chargée de la photothèque de la société. L'histoire de ses voyages a commencé là.

Et j'allais la rejoindre dans sa toute première grande expédition, l'Amazonie ! Mais je savais que je ne la verrais pas du voyage... Partie avant moi, elle était déjà dans la jungle, dans un village du Pérou.

Avec Kukus.

Les Achuaras ont une réputation d'une extrême violence. La légende et les récits des voyageurs en Amazonie en ont fait des sauvages coupeurs de têtes, réputation bâtie sur des rites chamaniques et colportée par les Espagnols, attirés dès 1550 par les gisements d'or de la région. Les Achuaras leur ont tenu tête, repoussant l'envahisseur avant la fin du siècle. Des missionnaires jésuites ont tenté à leur tour de s'installer dans leur immense territoire vert, en vain, si bien qu'aujourd'hui encore le mystère de ce peuple si résolu demeure.

Kukus, lui aussi, avait appris à « réduire » la tête des guerriers ennemis quand il était petit, m'a expliqué ma mère. Son père lui avait montré comment préparer les *tsantsas* (têtes réduites) avec des singes. La *tsantsa* emprisonne l'esprit de l'ennemi tué de façon qu'il ne puisse pas revenir se venger. Mais les Achuaras n'avaient pas coupé des têtes de singes ou de quoi que ce soit depuis au moins quarante ans, et Kukus a gentiment invité ma mère et les quatre hommes de l'expédition, dont mon père, à rester dans son village durant six semaines. À leur arrivée, il leur a offert le masato, cette boisson de manioc fermentée avec de la salive que je goûterai à mon tour bien plus tard. Lui en a avalé sept bols, préparés par chacune de ses sept femmes. Ils ont tous bu en rond, sur le sol en terre battue, parlant des innombrables plaies auxquelles sont exposées les tribus indiennes plutôt que de scalps.

L'équipe pensait trouver de dangereux guerriers. Elle a rencontré des gens simples, démunis, confrontés à des menaces bien plus grandes que les tribus voisines : les pipelines des compagnies pétrolières, les coupeurs d'arbres et les pressions des pays alentour pour coloniser leur terre.

Un jour, Kukus a dû marcher 8 kilomètres, le long d'un corridor entièrement déboisé, pour trouver un arbre à pirogue, tant la forêt avait été saignée. Déjà.

C'est dans la forêt que Kukus et les siens trouvent le toit de leur maison, les lianes qui font office de cordes, les herbes qui leur servent, ainsi qu'à nous, de médicaments.

C'est dans la forêt que nous trouvons l'air que nous respirons, les arbres puisant dans l'atmosphère le dioxyde de carbone (CO_2), principal gaz à effet de serre contribuant au réchauffement climatique, pour retenir le carbone et rejeter l'oxygène. L'oxygène que nous respirons vient pour moitié des océans et pour moitié de la terre : 50 % sont générés par les arbres et les plantes sur la terre, 50 % par le phytoplancton sous la mer.

À elle seule, l'Amazonie génère 20 % de cet oxygène et capture environ 15 % des émissions globales de CO_2.

À elle seule, elle absorbe aujourd'hui moins du tiers du CO_2 qu'elle absorbait il y a dix ans. Elle a atteint son point de saturation. Pis, elle en relâche de plus en plus. Debout, l'arbre capture le CO_2, retient le carbone dans son tronc, dans ses feuilles. Coupé, il libère du CO_2.

La déforestation accélère le réchauffement climatique. On nous le répète à satiété, mais je ne sais pas si on l'entend.

Ces récits ont marqué toute mon enfance. Mes parents et mes grands-parents ont allumé la lumière dans mon cerveau désert. C'est à ce moment-là que j'ai compris que l'existence de Kukus, dont je voyais la photo sur le mur de notre salon, était menacée et que sa survie était aussi la nôtre.

Faire partie d'un tout

Bob, le pilote de l'hélicoptère, a décidé de m'emmener faire un tour. Il n'a pas un cheveu sur le haut du crâne, Bob, et il a toujours le mot pour rire, mais là, je ne rigole pas beaucoup. Il a enlevé les deux portes de l'hélicoptère exprès, rien que pour me faire sentir la claque du vent sur mes joues. Je me glisse dans l'engin posé à l'arrière de la *Calypso*. Bob attache ma ceinture, les pales commencent à tourner dans un bruit infernal d'orage mécanique, je sens les grands remous de l'air autour de nous et le moment précis où l'on décolle du bateau, ce moment d'hésitation particulier pour l'appareil qui, en raison de la gravité, oppose une résistance et nous tire vers le bas. Nous montons vers le ciel, nous nous élevons au-dessus de la jungle.

Et voilà que cette immense forêt vierge que rien n'a encore profanée s'aplatit, se rétrécit de plus en plus, et que la *Calypso* m'apparaît bientôt comme un point, un petit point blanc. En l'espace de quelques minutes, le fleuve s'est resserré, réduit à un mince ruban serpentant sur un tapis vert.

« Oh ! Mais on est tout petits, en bas ! »

Tout petits, c'est-à-dire rien. Nous ne sommes rien, pas plus grands que des fourmis sur la Terre.

Un jour, je regardais une vidéo sur Internet et elle m'a fait repenser à cette impression que j'ai eue de l'hélicoptère, ce jour-là. On y voyait une jolie jeune fille sur une plage de sable blanc. La caméra commençait par un gros plan sur son œil, s'éloignait petit à petit, puis s'élevait subitement au-dessus d'elle, continuait à monter, toujours plus haut, toujours plus vite, dans un mouvement continuel d'accélération. On voyait sur quelle plage la fille était, sur quel continent, sur quelle planète, la caméra traversait l'univers, la Voie lactée, les autres galaxies, puis elle s'arrêtait d'un coup, faisait une petite pause, comme si nous étions suspendus, avant de repartir dans l'autre sens et de revenir vers la jeune fille sur la plage, de rentrer dans son œil, dans ses cellules, dans ses molécules, dans ses atomes. Au terme de ce voyage, on se rendait compte que nous sommes faits de matière et que nous faisons partie d'un tout. L'intérieur de chacun de nous ressemble à l'univers.

J'ai toujours eu cette vision à l'esprit. Elle ne m'angoisse pas, non, elle me rassure en me mettant à ma place dans le monde, elle me permet de ressentir les choses à leur mesure et non à une échelle trop grande ou au contraire trop insignifiante.

Cette image me relie à la nature, à tout ce qui vit autour de moi. Nous sommes « un », un être vivant.

Tout à coup, je me sens aspirée par le vide. L'hélicoptère se met à pencher. Je hurle. Bob se marre, il a l'air d'un gamin au volant d'un engin spatial en orbite autour de la Terre. Un moment qui me semble des heures, nous volons sur la tranche, au-dessus de ce monde de jungle, de méandres et d'eau douce. Le cœur à l'envers, je ris, un peu, je crie, aussi, émerveillée… Je n'ai aucune envie de redescendre sur Terre !

Pourtant, j'y retrouverai la mascotte du bateau, le petit ouistiti pygmée que j'ai pris avec moi depuis que Michel l'a ramené du marché pour le sauver. Son harnais, fait d'une simple ficelle, avait tracé une saignée dans sa peau tant il était serré. Michel l'avait pris en pitié et ma grand-mère, qui avait toujours à bord un chien du nom de Mérou, Scaph, Zoom, Ulysse ou Youki, m'a dit : « Céline, tu t'en occupes. » Je suis devenue sa baby-sitter attitrée. Sa petite laisse attachée à mon doigt, je le baladais partout, perché sur mes épaules, il se cachait dans mes cheveux, les écartait pour observer le monde, puis les refermait comme des rideaux. Je marchais doucement quand il était là, me figurant le balancier de la mère singe levant de temps à autre la main pour donner une banane ou des spaghettis à son petit. Mon ouistiti adorait aussi le Coca-Cola. Michel avait construit pour lui une cage dans la cambuse. C'était la plus petite espèce de singe au monde. On l'avait appelé King Kong.

Leçons de jungle

Atalaia do Norte, dernier « front de contact » avant la jungle, avant la vallée de Javari. Sept mille Indiens habitent ce territoire grand comme le Portugal. Deux mille d'entre eux n'ont jamais été approchés par les Occidentaux – ce territoire indigène au Brésil abrite le plus grand nombre de peuples non contactés au monde. Savoir que vivent ainsi encore des poches d'humanité inconnues dans plusieurs coins de notre planète, des hommes et des femmes totalement isolés de notre « civilisation » qui a pourtant des yeux et des caméras partout, m'a toujours fascinée. Combien de temps tiendront-ils avant d'être dévorés, eux aussi ? Dans sa Constitution, le Brésil a inscrit le droit pour les peuples indigènes d'avoir des terres qui leur soient réservées, des terres où toute exploitation agricole ou minière est interdite. Mais la Constitution, il y a longtemps que les trafiquants et les lobbys la brûlent en même temps que la forêt, encore plus depuis que Bolsonaro est arrivé à la tête du Brésil en 2019, préconisant l'exploitation commerciale de ces terres.

Nous sommes en 2007. Je suis revenue écarter les branches de ce monde qui me poursuit depuis l'enfance. De New York, j'ai pris l'avion pour Manaus. De Manaus, j'ai pris l'avion pour Tabatinga, une ville sur l'Amazone au carrefour du Brésil et de la Colombie. De Tabatinga, j'ai pris un taxi d'eau pour traverser la rivière jusqu'à Benjamin-Constant, de là, je me suis engagée sur une petite route défoncée et je suis arrivée à Atalaia do Norte, ultime bourgade avant la vallée de Javari.

Un petit immeuble miteux le long d'une route en terre battue parsemée de plastiques crevés et de flaques d'eau moisie dans lesquelles jouent à s'éclabousser des enfants habillés d'un short et d'un tee-shirt déchirés. Le gardien à l'entrée me fait un signe mécanique de la tête. J'entre dans un couloir sombre à la couleur de sang caillé. À l'étage, au fond d'un petit bureau tout en long, m'attend Beto Marubo, du peuple indigène Marubo, le représentant local de la FUNAI (le département des Affaires autochtones du gouvernement brésilien), cheveux épais, coupés en brosse, visage fermé.

Me voyant entrer, il penche sa tête sur le côté. Il cherche quelqu'un derrière. Où est l'homme, le chef d'équipe ? Je me fends d'un sourire. Le boss, ici, c'est moi. Je suis venue négocier auprès de lui l'entrée de notre équipe en territoire Matis, vingt-cinq ans après mon grand-père, venu ici en 1982.

Les Matis. En raison de leur apparence, les Blancs les ont baptisé les « hommes-jaguars ». Ils ressemblent à cet animal souple et puissant, avec leurs tatouages en forme de rayures sur le visage, leur défense de sanglier traversant le nez et leurs coquillages dilatant à l'extrême leurs oreilles, comme pour s'approprier la force du roi de la forêt amazonienne. Tel le jaguar, ils se sont longtemps cachés sous les arbres, à des dizaines de kilomètres du fleuve, avant d'être approchés par les Occidentaux deux ou trois ans seulement avant l'arrivée de mon grand-père. Leur territoire était encore presque vierge.

Vingt-cinq ans plus tard, mon père a voulu revenir sur ses traces pour voir ce qui avait changé, comprendre l'impact du monde sur ces tribus. Je suis donc partie en amont pour préparer l'arrivée de notre équipe.

Beto Marubo s'empare mollement du micro de sa radio – inutile de prendre un téléphone, dans la jungle.

« *Aurelio ? Aurelio ? Aquí Beto Marubo. Aurelio ?* »

Rien.

« *Beija Flor ? Aquí Beto Marubo em Atalaia.* »

L'appareil crépite comme un asthmatique, puis fait silence. Trente minutes se passent, peut-être une heure. Je compte les moustiques qui viennent s'écraser sur mon bras et les claques que je leur mets chaque fois tout en interrogeant Beto Marubo sur son peuple, ses conditions de vie.

« Dans nos villages, c'est la survie. Si tu ne peux pas contribuer à la vie du village, tu n'as pas de place.

— Pas de place ? C'est-à-dire ?

— Les femmes, chez nous, quand elles accouchent, elles le font dans la forêt et on ne leur pose pas de questions si elles reviennent sans enfant. Si un enfant naît avec un handicap apparent, on le laisse dans la forêt. »

On le laisse parce qu'il ne survivra sans doute pas. L'homme cherche à tester, à choquer l'Occidentale qu'il a en face de lui. J'écoute sans rien dire, projetée dans son monde, jusqu'à ce que quelqu'un parle au loin, dans la radio. Une voix d'homme crachote dans une langue inconnue.

Beto Marubo hoche la tête. Il explique notre intention de venir voir les Matis, évoque la visite de mon grand-père, il y a vingt-cinq ans. Ils se souviennent de cet homme blanc, venu à leur rencontre.

« Les chefs Matis vont discuter et me rappellent. »

Une heure plus tard, la voix d'homme revient et débite un flot monocorde que Beto Marubo me traduit sans sourciller. Ils sont d'accord pour nous recevoir mais ils veulent une parabole, une télévision 10 pouces, trois barils de pétrole, deux fusils à pompe, des cartouches, 5 000 dollars et j'en oublie.

Depuis que la « civilisation » est entrée dans leur monde comme un jour de grand vent, les Matis font partie des indigènes qui ont été les plus filmés, les plus poursuivis par les chaînes de télévision… La tribu est devenue une monnaie d'échange, une garantie d'exotisme dans un monde uniforme. Je ne suis pas à l'aise. Cette situation ne m'inspire rien de bon. J'ai entendu parler d'une réunion de cinq tribus indigènes, dont les Matis, dans un autre village, Rio Novo, dans la vallée de Javari, en bordure de l'un des innombrables affluents de l'Amazone. Ils doivent discuter ensemble d'environnement, d'éducation, de santé et de gouvernance de territoire. Nous irons là-bas plutôt que chez les Matis.

Moi-même, j'ai parfois l'impression de figurer dans une immense pièce de théâtre à ciel ouvert. Comme cette fois où, un peu plus tard, avant d'entrer dans la vallée de Javari, nous nous arrêterons dans un village près de Manaus, parmi les plus accessibles aux étrangers, à cinq minutes à pied de la rive. Manaus, avec son grand opéra à l'architecture européenne, est une plaque tournante pour les visites guidées avec ses bateaux à touristes. Quand nous arrivons sur la place du village, un rond de terre battue où les herbes ont été arrachées pour ne laisser aucune cachette aux serpents mortels ou aux bestioles malintentionnées, des hommes et des femmes au visage peint sont en train de danser au son des tambours, ils dansent devant les touristes en manches longues et pantalon à poches, ravis, assis sur leur banc avec leurs appareils photo. Les indigènes, eux, ont l'air plus vrais que nature. Les chants gutturaux s'interrompent, le silence retombe. Sitôt les touristes partis, je verrai les femmes enlever leurs jupes de paille et leur maquillage et les hommes remettre leurs vieux shorts troués avec leurs nouveaux tee-shirts à logo, cadeaux des Blancs venus les échanger contre un bracelet ou un collier…

Certains indigènes se sentent mieux en jeans qu'en pagne. Nous y allons en payant notre place pour voir ces restes de civilisations disparues, nous sommes attendris devant leur folklore, tandis qu'eux jouent le rôle de leur propre authenticité. Or les indigènes sont comme tout le monde, ils évoluent. Certains ont accès à Internet, d'autres vivent toujours comme leurs ancêtres, mais nous continuons à les voir comme des *autres* que nous.

La jungle de mes souvenirs n'a pas bougé, elle est toujours là, solide, souveraine. Ici, un toucan au sommet d'un arbre, là, des oiseaux-mouches en vol stationnaire sur une énorme fleur rouge. Sur le bateau à moteur voguant sur la rivière Itui, je me suis revue sur la *Calypso*, sentant la brise chaude et humide dans mes cheveux. Sensations retrouvées, monde hostile et accueillant. À peine ai-je posé le pied dans la jungle que j'ai été assiégée par une nuée de petites mouches noires contre lesquelles toutes les pulvérisations d'insecticide ne peuvent rien. Je ressemble à une passoire.

Nous voilà donc à Rio Novo, le village où se tient la conférence des cinq tribus, dans la maloca, la maison du chef. Le toit allongé en feuilles de palmier va directement du ciel jusqu'à la terre. La structure est simple, en bois, deux portes opposées qui s'apparentent à deux entrées, une pour les hommes, l'autre pour les femmes, pas de fenêtres, une immense pièce principale et c'est tout. À l'intérieur, il fait sombre. Des petits feux projettent un halo de lumière orangée sur les visages foncés des hommes qui se font face, assis sur deux troncs faisant office de bancs. Les murmures semblent tendus. Je me fais toute petite dans un coin, non loin des deux représentantes du gouvernement brésilien qui ont allumé leur ordinateur pour faire une présentation PowerPoint en portugais, expliquée par cinq traducteurs pour chacune des cinq tribus, qui là, tout à coup, me laissent sans voix.

L'Amazonie, le terrain de jeu de mon enfance, le cœur de notre planète, est à l'agonie. Ici, dans la vallée de Javari, sévit un taux d'hépatite oscillant entre 50 et 80 %.

L'hépatite, une maladie importée de l'extérieur par les Blancs, comme le furent la malaria et d'autres maladies amenées au XVIe siècle par les Espagnols et qui entraînèrent jusqu'à 90 % de pertes chez les populations indigènes, après la ruée vers l'or.

Dans l'histoire, le profit a toujours laissé des morts dans son sillage. On le voit encore aujourd'hui et j'en pleure. Je sais combien cette vallée de Javari est la proie de menaces, de pressions, de convoitises, des bûcherons, des chasseurs et des pêcheurs entrés illégalement, des compagnies minières et pétrolières. Je sais que tout le monde s'en moque, à commencer par le gouvernement, mais j'ignorais tout de la gravité de la situation. Les deux représentantes en chemise à fleurs achèvent la réunion sur un ton désolé : le financement pour leur travail va être suspendu, le gouvernement aura moins de moyens pour aider les villages des indigènes à faire front.

Profond silence. Les billes noires roulent dans les yeux des hommes au visage clos. La réunion dure manifestement depuis des jours. L'une des représentantes prend son sac à côté d'elle :

« Il va falloir qu'on parte, car nous avons une autre réunion hors du Javari. On ne peut pas faire plus pour vous. »

Elles ont quitté le village dans la nuit. Un véritable abandon pour les tribus, une trahison.

Dehors, la nuit a totalement recouvert la maloca. On ne discerne même plus l'école à côté, un plancher et quatre murs de bois tendus de filets antimoustiques.

Dans le noir, je sens l'abandon, la peur, la peur qui a un visage, le leur, faiblement éclairé par les dernières flammes.

Bientôt, la mort va flamber, ici, les hommes ne pourront plus protéger les arbres et on n'aura rien fait.

La valeur des hommes

Mon grand-père se lisse les cheveux à deux mains d'avant en arrière, signe qu'il met en ordre les mille idées qui se bousculent à la seconde dans son crâne. Il s'est figé au milieu du salon devant ma mère qui le regarde sur le canapé, à côté d'une pirogue de Papouasie.

« Il ne faut plus faire d'enfants, Anne-Marie ! Il ne FAUT PLUS, aujourd'hui ! »

C'est bien la première fois que je vois une telle expression, catastrophée, sur ce visage qui, avec le temps, semble encore avoir rétréci ; au fond de ces yeux un peu flous qui ont trop regardé le soleil.

Je l'ai toujours vu vieux, mon grand-père, pour ainsi dire sans âge, mais telle une force qui va, une force toujours en mouvement, un incomparable animal d'action, aussi fougueux, aussi enthousiaste qu'impérieux, peu importent les obstacles, peu importent les êtres aussi, parfois. Je n'ai aucun souvenir de lui assis, sauf pour se mettre à table. Je l'ai toujours vu debout, Jyc, ses grands bras cisaillant l'air comme des pales d'hélicoptère, ses jambes longues et maigres faisant les cent pas dans la pièce. Alors quand il s'arrête, c'est que vraiment ça ne va pas ou qu'il a quelque chose à dire.

Le Commandant penche vers la fin de sa vie et il est malheureux. En public, devant les caméras, il continue de s'époumoner pour la sauvegarde de la planète. En privé, il se plaint de parler dans le vide, de ne plus pouvoir influencer le cours des choses comme il le faisait. Lui qui, dans les réunions de famille, nous a toujours fait vivre au rythme de ses découvertes et de ses enthousiasmes nous raconte de plus en plus, au fil des années, ce qu'il a vu d'inquiétant dans ses plongées, la surpêche, la pollution qui s'installe sous la mer, il fait des comparaisons avec ce qu'il voyait dix ans auparavant : « J'y suis retourné il n'y a pas longtemps, j'ai vu du plastique partout, ce n'est pas possible ! Je vais rencontrer le ministre, il faut absolument que je le lui dise. Ce n'est pas possible, on ne peut pas continuer dans cette direction ! » Il nous voit galoper vers le néant, il voit les mers tomber malades et il ne sait plus comment le dire au monde entier. Le cri d'alarme qu'il a poussé au Sommet de la Terre à Rio en 1992 n'a servi à rien. J'ai moi aussi l'impression de crier dans le vide, au XXIe siècle, et je me demande si dans dix ou vingt ans ma voix sera elle aussi oubliée, inutile.

***

Le village de Rio Novo derrière moi, assise au milieu de la maigre foule de l'aéroport de Tabatinga, je pense à mon grand-père face à ma mère dans le salon ce jour-là, à ces gens dans leur jungle, lâchés par le gouvernement et le monde entier, je pense aux mille expériences vécues pendant cette expédition, à la dégradation de la situation, à tous ces scientifiques que nous avons vus et qui constatent une augmentation croissante du gaz carbonique au-dessus de la forêt amazonienne à cause de la déforestation, à ma maison que je vais bientôt retrouver. Je reviens doucement à mon monde quand soudain, mon regard dérive sur un homme qui s'approche de moi.

Cet homme, je le reconnais, il était à Rio Novo avec nous, c'est le représentant d'une tribu qui habitait loin de là et nous avait demandé de l'embarquer, au moment où nous partions, pour le rapprocher de chez lui. Il s'était fait attendre une heure ou plus, je pestais sur la rive, l'œil rivé à ma montre, retardée dans la logistique de l'expédition avec toute une équipe dépendant de moi, retardée dans mon emploi du temps de femme moderne, et voilà qu'il se plante devant moi d'un air sombre : « Je suis désolé de t'avoir fait attendre hier, je pense que tu devrais comprendre pourquoi. Je négociais votre libération. »

Notre libération ?

« Après le départ des représentantes du gouvernement, en plein milieu de la nuit, on était désespérés et certains se sont dit : “Si on garde en otages ces Blancs, peut-être qu'on nous écoutera, peut-être qu'on fera quelque chose pour nous. Parce qu'ils valent plus que nous.” »

« Ils valent plus que nous. »

Cette phrase a fait l'effet d'un éclat d'obus dans ma tête. Les paravents sont tombés, qui laissent voir, béante, la blessure de la résignation. Pourquoi doit-on penser ainsi chaque fois que l'on vit en dessous d'un certain seuil de richesse, dans des régions moins confortables, dans des régions en guerre ? Pourquoi, nous, sous nos latitudes riches et tempérées, vaudrions-nous plus qu'eux ? Et si l'abondance n'était plus demain qu'un mirage dans nos pays « civilisés », si demain tout venait à manquer, si nous étions nous aussi en état de survie, que se passerait-il ? La valeur des hommes en seraitelle inversée ?

Quelle ironie quand on pense que nous sommes en réalité tous égaux, tous en danger, face au même minuscule virus venu d'une lointaine ville chinoise jusqu'alors inconnue du monde entier.

Un jour, Beto Marubo m'a dit une chose que j'ai gardée en moi : un homme de la jungle pourra s'adapter à la ville, mais un homme de la ville mourra dans la jungle, parce qu'il ne saura pas comment survivre. Nous nous pensons invincibles parce que nous avons un travail, de l'argent, du pouvoir, à peu près tout ce que nous voulons. En réalité, nous sommes fragiles, dépendants, et me le rappeler tous les jours m'aide simplement à prendre conscience de ce que je suis, à mettre plus de conscience dans ce que je fais.

« Ils valent plus que nous. »

Nous n'avons toujours pas compris le rôle vital que ces populations jouent dans la survie de notre espèce, nous ne voyons pas le rôle essentiel qu'elles jouent dans la préservation de la planète, le caractère sacré qu'elles rendent à notre Terre.

Ces peuples isolés d'Amazonie vivent très loin de chez nous, dans une culture à l'opposé de la nôtre. Pourtant, certains de nos aliments viennent de là, certaines de nos ressources vitales viennent de là, l'or de nos bagues ou celui caché dans nos smartphones, le bois de nos tables, l'huile de palme dans le Nutella. Nous sommes *par la force des choses* connectés à eux.

Quand je donne des conférences sur l'homme et l'environnement aux États-Unis ou en Europe, je sors souvent une carte de l'Amazonie établie par l'Instituto socioambiental brésilien qui travaille à la protection des peuples indigènes. En orange, les communautés et territoires indigènes, en jaune, la déforestation complète, en violet, la déforestation en cours. On se rend compte qu'il n'y a pas de déforestation sur les terres indigènes. Par leur simple existence et la délimitation de leurs terres ancestrales, ces peuples créent des barrières politiques à la déforestation. Ils sont les gardiens d'un écosystème dont nous dépendons tous, partout dans le monde, pour l'air que nous respirons. Ces individus-là ne représentent que 4 % de la population mondiale, mais ils aident à protéger 80 % de notre biodiversité.

Les presque 6 millions de kilomètres carrés de la forêt amazonienne ne se contentent pas d'abriter une biodiversité extraordinaire et de séquestrer du carbone, ils régulent aussi en partie le climat, localement et mondialement, en participant au cycle de l'eau. De grandes quantités d'eau s'évaporent des arbres et forment les nuages, qui à leur tour entraînent des précipitations permettant d'irriguer les sols. Moins d'arbres signifie moins de précipitations, des sols plus arides, des sécheresses, qui entraîneront à leur tour des feux de forêt plus ravageurs et davantage d'érosion dans une région dont les températures devraient augmenter d'environ 3,3 °C d'ici à la fin du siècle. Un cercle vicieux, en somme.

Via les nuages, la forêt amazonienne transporte l'humidité provenant de l'Atlantique vers les Andes et, de là, ces rivières dans le ciel s'orientent vers le sud du continent et retombent en pluie. Si l'Amazonie n'existait pas, le sud du continent américain deviendrait un désert.

Ces mécanismes simples nous relient au peuple d'Amazonie.

Un parallèle me vient.

Une étendue de forêt sans fin, un immense tapis vert, c'est ce que l'on voit quand on observe des images de l'Amazonie prises du ciel. Le premier réflexe est de se dire : « Mais tout va bien ! Qu'est-ce qu'ils ont, les écologistes ? Il y a des arbres partout ! » La même impression nous gagne quand on survole la mer : l'eau est bleue, le soleil brille, son or prend des reflets argentés sur les vagues. « C'est magique ! Tout va bien ! » Quand on fait du tourisme, on ne cherche qu'à prendre en photo de tels décors. Alors on choisit de voir ce qui nous fait plaisir. Et on ne voit rien de ce qui se trame au-dessous, sous la surface. Les apparences sont un leurre. Il faut observer le grand corps malade pour prendre le pouls de ses organes.

Faites une expérience. Prenez deux inspirations, deux longues inspirations. Pensez, juste une fois, à leur origine. L'une vient des océans, l'autre des plantes.

Prenez maintenant cinq inspirations. Arrivé à la cinquième, retenez-la. Retenez ces 20 % de votre respiration pendant l'expérience. Cette respiration provient de l'Amazonie.

Vous en avez besoin pour vivre.

Le silence de la mer

Le soleil éclabousse la baie de Monaco. Les vagues clapotent sous notre petit bateau blanc. Mon grand-père, assis à l'arrière, scrute le large. Nous sommes tous les deux face à la mer. À nos pieds, des combinaisons, des bouteilles, des palmes, des tuyaux. Hier, sur le balcon, dans le soleil tombant, il m'a dit : « Demain, je vais t'emmener faire une plongée. »

J'ai neuf ans, je n'ai encore jamais plongé, jamais pris de cours. Il m'a dit ça comme un autre grand-père aurait dit : « On va aller faire de la balançoire. » Intimidée, j'ai hoché la tête et nous voilà partis.

« Voilà ton équipement, tes bouteilles, ton masque, ton détendeur, tes palmes. »

Il pose le masque un peu trop grand sur mon visage, je dois avoir l'air d'une grenouille, les yeux agrandis, là-dessous.

« Crache dedans pour éviter la buée. Il te va bien ? »

J'opine.

« On va le serrer un peu. Tiens et ça, c'est le détendeur. C'est avec ça que tu vas respirer l'air dans la bouteille. »

À aucun moment je ne réalise que cet engin, le détendeur, que je vais mettre dans ma bouche pour respirer sous l'eau, celui qui se balance au bout de ses doigts, c'est lui qui l'a inventé, avec quelqu'un d'autre. Mon grand-père voulait plonger comme un poisson, suspendu dans la mer, sans attache, sans aucun lien à la surface. Il a alors sollicité Émile Gagnan, un ingénieur d'Air liquide dont le patron, Henri Melchior, n'était autre que le père de ma grand-mère Simone, dite Monie dans la famille. À eux deux, ils ont pensé le mécanisme qui permet au plongeur de respirer l'air contenu dans ses bouteilles, à la pression à laquelle il évolue, autorisant l'avènement du scaphandre autonome. En 1943, ils ont procédé dans la Marne aux premiers essais du prototype avant de l'améliorer et d'en faire d'autres dans le Var, au cœur d'une petite crique de Bandol, sous la surveillance de

Monie restée en surface avec un masque de plongée et un tuba pour suivre son mari du regard sous l'eau ! Elle sera la première femme plongeuse de l'histoire… Un ami, un excellent apnéiste capable de plonger à 18 mètres d'un coup de reins, faisait le guet sur la plage et était chargé d'intervenir à la moindre alerte. Il n'en eut pas besoin, le diable d'appareil fonctionnait et la plongée sous-marine en fut révolutionnée. Délivré des lois de la pesanteur, mon grand-père pouvait s'en aller découvrir le monde du silence.

Je n'arrive plus à respirer, je hoquette dans le détendeur.

« Respire tranquillement par la bouche, Céline. »

Je me détends, je sens l'air passer dans mes poumons.

« Allez, on met les bouteilles sur le dos et on y va. »

La leçon aura duré cinq minutes. Je vois mon grand-père harnaché comme un héron faire un grand pas dans le vide, et splash !

Dans l'eau, ses yeux me sourient sous le masque. Son grand nez s'écrase contre le hublot cernant son visage.

« C'est bon, viens. On va descendre doucement, tu restes à côté de moi. »

Maladroite sous le poids de tout ce barda, je fais à mon tour une grande enjambée dans la mer. Au loin, les taches blanches des immeubles de Monaco scintillent. Nous sommes près des rochers, là où les fonds descendent à pic et atteignent vite 60 mètres, puis 100 mètres. Je ne vois pas le fond, juste une nuée de bleu clair pailleté de lumière, un bleu qui semble s'épaissir sous moi, plus bas.

J'entends ma respiration dans mes oreilles. Je respire sous l'eau ! Entre émerveillement et concentration pétrie d'excitation, je ne fais pas attention à la myriade de petites bulles étincelantes qui s'échappe de moi à chaque expiration. Une légère douleur dans les tympans, je ne quitte pas des yeux mon grand-père qui me tient par la main. Il me fait un signe du doigt, à la fois pour me montrer comment relâcher la pression dans mes oreilles et la direction. Les rochers, là-bas, on va aller les voir.

Un décor brut, plein de trous noirs et de crevasses, je vois des boules pleines de piquants, des oursins mauves, bleus et bruns, une sarabande de poissons dont les écailles brillantes semblent se retrousser quand ils s'éparpillent comme des éclats de bombe à notre approche. Mon grand-père allonge sa main vers un oursin, la glisse dessous, le décolle doucement. Me lâche la main. Bref instant de panique. Vais-je rester suspendue dans la mer moi aussi, ou bien couler à pic comme un galet ? Deux fois dans sa vie, mon grand-père m'a lâché la main. À ce moment-là, puis au musée océanographique de Monaco qu'il dirigeait, pour signer un autographe à un admirateur pressé.

Mon grand-père me fait signe que la remontée approche. Je voudrais rester sous l'eau, encore, me confondre avec tout ce bleu. Je me suis enfoncée dans la mer comme dans un rêve. J'ai plongé pour la première fois avec mon grand-père, ce grand-père que le monde entier connaît comme le Commandant, mais pour moi c'était juste mon grand-père et une balade dans son parc préféré. Je me suis sentie bien, là-dessous.

Certaines expériences de l'enfance restent dans votre tête toute une vie. L'enfance abolit la peur, absorbe le merveilleux. Lui le savait, qui s'était élancé trente ans plus tôt dans les eaux de Bandol comme un gamin qui s'était mis à voler sans ailes.

L'intensité de la vie

J'ai quitté l'Amazonie en me jurant d'y revenir. J'ai fait ensuite bien d'autres voyages sur la planète, plongé sous les mers et les icebergs, nagé avec les baleines et les requins, mais quelque chose me ramène toujours à la jungle, à ces visages dans la lueur dansante des flammes, à cet oubli, quelque chose de puissant et d'anxieux, quelque chose de persistant, d'obsessionnel. Aujourd'hui, faire des films ne suffit plus, témoigner du sort de la planète ne suffit plus. Il ne suffit plus de dire, comme le disait Jyc, que les gens protègent et respectent ce qu'ils aiment. Non, il faut agir ! Moi qui ne me sens d'aucun territoire en particulier, qui n'ai jamais su tenir en place, je n'ai jamais trouvé un lieu qui me ramène autant à lui que la mer. La jungle, elle, c'est mon repaire.

« Ah voilà mon *troun* de l'air ! », disait souvent ma grand-mère Monie, quand elle me voyait débarquer. « *Troun* » de l'air ? Je n'ai jamais lu *Tartarin de Tarascon*, mais quand elle s'adressait à moi comme ça, avec son œil sombre coupé en amande qui pétillait, je voyais bien ce qu'elle voulait dire. Monie aimait mon petit ouragan, mon énergie, elle qui en était pleine. La Bergère, comme on l'appelait sur le bateau, était le véritable capitaine de la *Calypso*, son âme, bien plus que lui, le Commandant, même si le grand public n'en a jamais rien su. Mon grand-père partait et revenait, allait parler aux gens, tenait des conférences à travers le monde, cherchait des financements, menait sa vie, tandis que Monie, elle, y habitait, sur ce bateau devenu son armure, son foyer. Quand elle était à terre, Monie était dans l'attente de repartir. Quand elle était sur la *Calypso*, elle était chez elle, dans son monde, le seul qui ait jamais compté pour elle. Elle non plus, petite-fille d'amiraux ayant vécu une enfance d'expatriée au Japon, ne se sentait de nulle part.

Qu'ai-je trouvé au fond de cette forêt hostile qui reste en moi ? L'intensité de la vie. Dans la jungle, elle n'est pas la même qu'en ville. En ville, on sent, on voit, on entend tout à la fois : les bruits, l'odeur des voitures, les échos de la rue, des klaxons, la foule, les lumières des magasins. En ville, la toile du monde s'imprime sur moi comme une carte mémoire trop pleine. En ville, je n'ai pas le souvenir d'une sensation plutôt qu'une autre, sauf celle d'être nerveuse, pressée.

Dans la jungle, le ressenti est différent, il est celui de la survie. Tout à coup, au milieu de cet étourdissant assortiment d'arbres et d'êtres grouillants, tous les sens se réveillent. Quand tu marches, au lieu d'être sur ton téléphone, tu regardes où tu poses les pieds, tu vois mille feuilles aux formes différentes dont chacune pourrait être un animal, tu scrutes les nuances de vert des palmiers, des figuiers, des kapotiers, des cupuaçus, des maracujas, tu respires les odeurs, tu tends l'oreille à chacun des bruits qui t'entourent.

Il est 5 heures du matin. Les singes hurleurs aboient comme des chiens au-dessus de nos têtes. Le mâle dominant réveille la forêt : « Je suis là, je suis dans cet arbre, avec mon groupe ! » Les autres lui répondent, c'est comme cela qu'ils évitent les conflits de territoire. J'ouvre les yeux. Les oiseaux piaillent, les chauves-souris reviennent se nicher sous le toit de ma hutte, leurs ailes grattent le plafond, elles cherchent leur dortoir pour la journée. Dans le grand orchestre de la jungle, les insectes crissent doucement pour commencer, les grenouilles prennent la suite et coassent avant que ne leur succèdent, vers midi, le silence et la chaleur. La forêt ne parle plus. L'après-midi, de nouveau, je reconnaîtrai l'heure sans regarder ma montre grâce aux cris des singes quand, noire d'ombres, le concert de la jungle reprendra de plus belle, et le son suivra le rythme primitif de la vie. Puis, le soir, tandis que le bruit baisse, les chauves-souris ressortiront.

Là-dedans, je suis un être vivant parmi d'autres. Je me reconnecte au monde qui m'environne parce que j'y suis obligée. Je suis obligée d'avoir tous les sens en éveil pour comprendre ce qui se passe autour de moi. Ce que nous avons oublié, dans notre vie où tout est en apparence si simple, où notre existence tout entière peut s'orchestrer, si on le veut, par le biais d'un coup de pouce virtuel, où il suffit d'une appli pour savoir quel métro prendre et à quelle heure pour arriver plus vite à destination, commander une pizza et se la faire livrer. Il suffit d'un coup de baguette magique pour voir arriver dans nos assiettes des fruits et légumes hors saison ou des denrées en abondance dont nous ne connaissons ni la terre de provenance ni les producteurs. Pis, on ne met pas le nez dehors pour connaître la météo, on interroge nos portables pour voir si le soleil brille ou non.

C'est difficile et long de creuser la terre dure. À perdre la source, le sens et la difficulté des choses, à s'éloigner toujours plus de l'univers patient de la nature, je crois que l'on perd aussi le sens de soi et du monde qui nous entoure.

De retour chez moi, mes pensées tournent en boucle, je ne cesse de songer à ces tribus en voie d'extinction. Comment agir au-delà du seul témoignage ? Comment lutter ? On ne peut plus, aujourd'hui, se contenter de constater. J'ai la même colère que ces peuples, la même crainte qu'avec leur disparition ne s'affaissent les derniers remparts contre les prédateurs de la forêt. Sept mille personnes à sauver, c'est si peu !

La menace de la Covid-19 qui nous a tous confinés chez nous par-delà les frontières, Français, Américains, Iraniens, ou Russes, menace aussi ces indigènes dans la jungle. Il faut comprendre qu'eux, c'est nous. Que nous sommes les mêmes. Mais eux se souviennent du XVIe siècle, des histoires de leurs ancêtres partagées autour d'un feu, quand les Européens sont venus en masse pour exploiter l'or et que leurs maladies ont achevé près de 90 % d'entre eux.

Ceux qui sont de ma génération meurent désormais d'autres maladies venues des Blancs, comme des hépatites A, B, C, ou autres. Quelle ne fut pas ma stupéfaction quand j'ai lu dans le journal, en plein confinement, qu'un missionnaire souhaitait aller au contact des plus vulnérables d'entres eux, les plus isolés qui n'ont pour leur part aucune immunité contre les maladies et infections ! Sous prétexte de vouloir les « sauver », cet homme présente un vrai danger pour ces populations.

Alors j'ai ressenti le besoin de sortir de chez moi non pas pour prendre l'air ou faire une heure d'exercice dans un rayon de un kilomètre, mais pour les défendre. Je me suis sentie enfermée non pas dans ma maison, mais dans ce sentiment d'impuissance.

Je suis désormais épuisée à force de le crier, de le répéter. Il faut soutenir ces peuples. Je ne comprends toujours pas pourquoi on n'appelle pas tout cela un assassinat.

Peu de temps après mon premier voyage dans la vallée de Javari en 2007, j'ai reçu un message d'une organisation, Amazon Promise, qui cherchait des volontaires pour accompagner une clinique itinérante en Amazonie péruvienne. Comme un signe que j'attendais. Je n'ai pas hésité une seconde : j'ai déboursé deux mille dollars pour en être – Amazon Promise payait les médecins péruviens sur les dons des volontaires, les médecins américains et les autres étant, comme moi, bénévoles.

***

Río Pastaza, un petit village en bord de rivière. L'école – ou ce qui fait office d'école, à savoir un simple toit de feuilles de palmier et quatre planches – a été divisée en deux : d'un côté, nos tentes, de l'autre côté, la « clinique ». Nous ne sommes pas ici pour faire de la grande chirurgie, mais des premiers soins. Je procède à des shampoings antipoux, je nettoie des plaies, je pose des pansements, je donne les médicaments et les vitamines selon les conseils des médecins, je traduis l'espagnol pour les Américains, et je filme tout, même si je suis contrainte de laisser la caméra tourner pendant que je travaille.

Les parasites dévorent les intestins des enfants, les diarrhées noircissent la terre, les fièvres grimpent autant que la chaleur ambiante, et aucun vaccin n'est possible, faute de frigo pour le conserver. La tâche semble colossale, aussi grande que ces arbres qui touchent le ciel, au-dessus de nous.

Une petite fille est assise sur un bout de bois au bord de la rivière, le pied relevé, soumis au scalpel du médecin qui commence à tailler dans la chair. Celle-ci a la forme d'une fleur purulente autour d'un trou. Pas d'anesthésie, pas un cri, pas un soupir plus fort qu'un autre, rien que ses dents qui mordent fort son tee-shirt, à l'en déchirer, tandis qu'elle détourne sa tête posée dans les mains d'une infirmière qui lui chuchote des mots qu'elle ne comprend pas mais dont le ton rassure. Elle doit avoir l'âge de mon fils, huit ans, cette petite. Elle a marché il y a plusieurs mois sur une épine d'une longueur de 7 centimètres. Personne dans le village n'a pu l'extraire. La plaie s'est infectée. La petite ne s'est jamais plainte, elle a simplement continué à marcher sur la tranche du pied, et si l'une de ses copines n'était pas venue jusqu'à nous pour bousculer sa timidité et nous en informer, nous n'en aurions sans doute rien su. Qui sait quel aurait été le destin de ce pied déjà infecté ?

Le sang goutte de l'épine prise en tenaille au bout du scalpel. Elle fait la taille de mon index. Le trou dans le pied ressemble maintenant à un cratère rouge. Ma tête hurle rien que de penser à la douleur que la petite fille a tue. Ils s'habituent à la douleur physique, nous nous habituons à la douleur morale, au stress. La jeune fille ose enfin croiser le regard du médecin, lui adresse un sourire timide. Je lui bande le pied. Elle repart en boitant jouer avec ses copines. Une simple action peut changer le monde.

Il ne faut pas sous-estimer chaque geste que chacun d'entre nous peut entreprendre. Donner un paquet de biscuits à un SDF que l'on croise tous les jours au coin de la rue, éliminer le plastique à usage unique, ramasser des papiers sales sur le trottoir, troquer une paille en plastique contre une paille en métal, rassembler les fruits qui pourrissent dans le frigo pour en faire de la confiture au lieu de les jeter, lutter contre le gaspillage, rester dans son pays pour les congés. Il en faut peu pour sauver une vie. Pour sauver notre vie à tous.

Nombreux sont ceux qui accomplissent des choses positives autour d'eux, pour l'environnement ou pour l'humanité, non pour leur promotion personnelle ou leur ego. Inspirons-nous-en.

Comme tout le monde, il y a des jours où je me lève et n'ai envie de rien, ou bien je n'ai envie de rien d'autre que m'occuper de moi-même. Ces matins-là, je me dis que le combat est trop vaste, trop lourd, qu'il y a trop à faire. Mais je ne peux m'y résoudre. Tous les jours, je sais que l'on peut faire quelque chose, même si c'est une toute petite action, même si c'est la même que la veille. Un jour, un ami m'a dit que cela devait être dur « d'être moi »... que cela devait être épuisant de réfléchir tout le temps à chacun de mes gestes, à chacune de mes actions.

J'ai éclaté de rire. Pour moi cela va de soi.

Une journaliste m'a demandé comment je pouvais rester optimiste. J'ai réfléchi avant de répondre, car sa question ne s'était jamais posée en ces termes dans mon esprit : « Je ne sais pas si je suis optimiste, mais je dirais plutôt que, tous les matins, je prends la décision de l'être. » La répétition d'une bonne chose peut entraîner un cercle vertueux, inspirer d'autres personnes autour de soi. Et un jour, nous pourrons nous dire, tous, que nous avons fait quelque chose pour protéger la Terre et protéger notre espèce.

Le pouvoir des femmes

Je n'avais pas revu Beto Marubo depuis 2007, quand il m'avait reçue dans son bureau en cherchant l'homme derrière moi qui n'y était pas. J'aurais pu lui dire que, dans ma famille, on connaît les hommes mais pas les femmes qui sont derrière eux ! J'aurais pu lui parler de Monie, sans laquelle mon grand-père n'aurait jamais été ce qu'il fut, de cette femme qui aurait voulu être un homme, qui vendit ses bijoux de famille pour payer le fioul de la *Calypso* lors des premières expéditions, qui aimait follement la mer, le monde des marins dont elle avait adopté le langage un peu rude, le mauvais temps, cette lutte que doivent livrer le bateau et son équipage.

J'aurais pu lui parler de ma mère Anne-Marie, qui m'a appris par ce qu'elle était qu'il n'y avait aucune limite pour une femme, strictement aucune, si on travaille et si on choisit de ne pas voir les limites.

Quand j'y pense aujourd'hui, il y avait évidemment quelque chose d'intrigant à voir cette toute petite femme partir d'un pas énergique, avec un gilet de reporter multipoche plein à craquer, au milieu de tous ces hommes. La veille de son départ pour l'Amazonie, je me souviens qu'avec mon frère Fabien nous l'avions convoquée dans le salon, prenant un air très sérieux. Mon frère avait fait des recherches dans la bibliothèque, et il en était revenu avec des histoires à ne pas coucher dehors, encore moins dans la jungle. Elle s'était assise face à nous :

« Vous avez une question à me poser ?

— Maman, on sait qu'il y a des chasseurs de têtes en Amazonie. Qu'est-ce qui se passe si tu ne reviens pas ? Qui va s'occuper de nous ? »

Question pratique.

Elle avait ri de toute sa gorge et son rire, destiné à tout dédramatiser, avait entraîné le nôtre. Elle était petite, mais elle était forte, Maman. On avait l'impression qu'elle pouvait tout faire. Quand elle revenait et qu'elle nous parlait de ses histoires, elle nous disait, avec des bonds dans la voix : « J'ai vu ça, j'ai rencontré ces gens… » et jamais je n'ai eu le sentiment que ça avait été trop dur, qu'elle avait souffert, traversé des rivières de boue, croisé la route de serpents, les animaux qu'elle détestait le plus au monde… C'était une passionnée, comme ma grand-mère. Les deux ne se sont d'ailleurs pas très bien entendues, au début.

« Anne-Marie, je ne vous aime pas », avait déclaré ma grand-mère le jour des présentations, dans son appartement du VIIIe arrondissement, le QG parisien de la famille.

Silence. À leurs côtés, Jyc et mon père, retranchés dans l'angle le plus éloigné du salon, faisaient mine de ne rien entendre, conversant debout, un verre à la main. Ils ne se mêlaient jamais des discussions de ce genre.

« Je vais vous dire pourquoi. Vous connaissez ma réputation ? Tout le monde a dû vous dire que je suis une emmerdeuse, une “pas commode” ? »

Silence.

« Vous ou une autre, ça aurait été pareil. Je ne vous aime pas parce que vous me prenez mon fils ! Et vous ? Vous ne m'aimez pas non plus ?

— *A priori* non.

— Vous avez quand même du culot sous votre air timide ! Allez Anne-Marie, venez boire un coup, je crois qu'un jour on s'entendra bien. »

C'est ce qui s'est passé. Ma mère avait réussi, sans le savoir, à plaire à ma grand-mère. Et l'on me dit parfois que j'ai le même caractère que ma grand-mère… Je réponds « merci » avec fierté, même si ce n'est pas toujours un compliment !

J'aurais pu lui raconter tout ça, à Beto Marubo, que la femme est l'avenir de l'homme. Mais à quoi cela aurait-il servi ? Il avait sûrement oublié l'exploratrice de court passage dans sa jungle.

En 2010, un message s'ouvre sur mon écran. Beto Marubo : « Céline, tu es venue ici il y a quelques années, notre situation est devenue intenable, il faut que tu reviennes pour raconter notre histoire. » Trois années plus tard, le temps d'avoir mon fils Félix, d'obtenir une petite bourse de *National Geographic* pour financer un premier voyage, puis de trouver les financements pour commencer un film, je fonce.

Beto me reçoit cette fois chez lui et, entre deux bières et trois bouffées de *rapé*, un tabac vert, dans le nez, il me raconte son histoire.

Au début par bribes. L'histoire simple d'un homme que je sais aujourd'hui menacé de mort. Comme d'autres qui luttent pour la survie de la forêt et que l'on retrouve refroidis au pied d'un arbre géant, une balle en pleine tête, assassinés par un braconnier ou un tueur à gages embauché par une grande entreprise...

Beto est né dans un village inaccessible de la vallée de Javari. Pour l'atteindre, il faut marcher trois jours dans la jungle, ou naviguer dix jours sur la rivière si l'on vient du nord. Son peuple vivait sur l'un des affluents de l'Amazone quand un jour ses membres ont décidé de s'en éloigner et de monter dans les terres, parce qu'ils ne voulaient plus aucun contact avec le monde extérieur. Ils ne souhaitaient pas changer leur façon de vivre, ils ne voulaient plus de maladies importées du dehors, plus de braconniers, plus de trafiquants. Le grand-père et le père de Beto ont successivement été les chefs du village, des guerriers. Beto a grandi dans la jungle avec son frère Eliesio et, un jour, sentant les Blancs se rapprocher de plus en plus, la tribu a décidé qu'il fallait choisir des représentants pour comprendre leur monde : Beto et son frère, qui avaient à l'époque dix-sept et seize ans.

« Vous partez d'ici, vous allez étudier le monde des Blancs. »

Beto et Eliesio ont été choisis pour faire le lien parce que leur père était le chef et que leur mère était brésilienne. Infirmière, elle était venue dans le village pour s'occuper de la santé des indigènes. Elle était tombée amoureuse du chef, puis était repartie dix ans plus tard, ne pouvant résister à une vie entière dans l'enfer vert. Elle avait dû y laisser ses fils. Dans ces cultures-là, on ne prend pas les fils.

Beto et Eliesio ont été envoyés vivre en ville, au début à Atalaia, puis plus loin. Beto a intégré la FUNAI, l'organisme gouvernemental brésilien qui élabore et applique les politiques relatives aux indigènes, pour aider à tisser des ponts entre ces peuples et les autorités. C'est comme ça que je l'ai connu, en 2007. Son frère, lui, est devenu avocat en jeans et chemise blanche et s'est mis au service de la défense des indigènes.

« Tu sais ce qui m'a donné envie d'aller voir en dehors de la jungle ? » m'a-t-il dit, une fois.

Il a pointé du doigt l'ampoule allumée au-dessus de nous : « C'est ça. »

Chez moi, j'appuie sur l'interrupteur tant de fois par jour que je ne m'en rends même plus compte… c'est un geste si simple. Pour lui, magique. Un geste qui a changé le cours de sa vie : « Tu ne peux pas savoir comme j'aurais aimé ne jamais connaître ça. »

***

Sept ans plus tard, me voilà donc de retour à Rio Novo. Je voulais retourner dans le village où j'avais été en 2007, je voulais marcher sur la même terre, revoir les mêmes visages. Beto m'a aidée à faire le lien, en sens inverse, cette fois. Au dernier *check point* gouvernemental avant la vallée de Javari, une maison flottante en bois à l'embouchure des rivières Itui et Itaquai où je dois montrer un permis d'entrée dans ces « zones interdites », des agents de la FUNAI et des indigènes venus au front montent la garde, arme au poing. Ils sont chargés de barrer l'accès aux bûcherons en quête d'acajous et de cèdres, aux pêcheurs qui n'hésitent pas à empoisonner des lacs entiers avec le venin d'une liane qu'on appelle *timbo* en échange de quelques paniers de poissons, ou encore aux narcos qui parcourent le nord de ce territoire.

Quinze heures de bateau, au départ d'Atalaia do Norte, sur ces eaux troubles enserrées de vert. Un capybara achève de traverser à la nage le bras de rivière devant nous, sans grand style mais efficace. Quand j'étais petite, j'avais toujours à la maison un hamster, toutes des filles, toutes appelées Cléopâtre (I, II, III)… et voilà son cousin géant devant moi ! Un peu plus loin, un iguane aux écailles parcourues de flammes vertes glisse dans le courant en regardant sur le côté d'un air circonspect. Il me fait penser aux deux anoles que j'avais dans un terrarium, Sel et Poivre, de tout petits lézards que j'imaginais grands comme des dinosaures. Et voilà un hoazin coiffé de sa huppe qui sort sa tête d'un feuillage au bord de l'eau. C'est mon oiseau préféré là-bas, contrairement à Beto qui ne s'intéresse qu'aux oiseaux comestibles. « Si ça ne se mange pas, ça ne nous intéresse pas ! » La survie… toujours.

De gros remous huileux, à la surface. Un anaconda ? Quand j'étais venue plonger dans une rivière qui mène au río Negro avec mon père et mon frère pour l'expédition de 2007, nous en avions croisé un, long de 5 mètres et épais comme ma cuisse. J'avais ralenti ma respiration, car ces grands serpents entendent tout dans l'eau, ils sont sensibles aux battements de cœur, à l'électricité d'un corps, je m'étais placée sur le côté pour lui laisser une issue et je l'avais effleuré d'une main en le laissant filer, bien plus vite que moi, lancé à pleine force dans l'eau sombre, son élément.

Le ciel est laiteux, les gouttes semblent en suspens dans l'air épais. Il va pleuvoir. Que vais-je trouver, au bout du voyage ? La forêt s'ouvre sur notre passage. Ou plutôt, c'est l'eau qui entre dans les arbres, l'eau qui voit la forêt immense étendue, là, devant elle.

Ne pas quitter ses pieds des yeux, ne pas s'aventurer hors du chemin dans cet enfer vert qui n'en finit plus de jeter des plantes parasites et des filets de camouflage sur nous. Les feuilles et d'autres choses que je ne parviens pas à qualifier craquent sous mes chaussures, j'ai retrouvé mes réflexes de l'enfance. En marchant, j'écrase un régiment de minuscules mouches noires avant qu'elles ne s'abattent sur mon visage aussi gras et collant qu'un rouleau adhésif. Plus loin, au milieu des branches, j'imagine, rembobiné sur lui-même, un serpent aux reflets étincelants comme une braise attendant que quelque chose tombe entre ses mâchoires silencieuses. Et le jaguar, grand prédateur des lieux, me guette-t-il ? Dans la jungle, tout est hostile et l'homme est le maillon faible. Même pour aller faire ses besoins derrière une feuille, mieux vaut être deux !

La place circulaire du village, clairière entièrement défrichée aux contours presque parfaits, n'a pas bougé. Au centre, la maloca où vivent le chef, ses femmes, son fils aîné et ses femmes, et tout autour, quelques huttes, des enfants nus courant sur le sol en terre battue. Dans l'une d'elles, où les yeux doivent s'enfoncer dans la pénombre, une femme d'une soixantaine d'années qui pourrait être ma grand-mère, les seins nus, est en train de râper un cordage pour en faire des colliers et des bracelets. Plutôt que les coquillages de mes souvenirs, elle râpe désormais du plastique blanc pour en faire des petits ronds à enfiler sur le cordage. À côté d'elle, une autre, plus jeune, berce un hamac où est allongé un garçon de huit ou neuf ans amorphe, le regard vide.

« Il a déjà eu quatre fois la malaria. Hier, une femme de quarante-cinq ans est morte. »

Dans un autre village, on m'a raconté que quatre anciens étaient morts de la même maladie en quatre jours. Hépatite hémorragique. Une bête noire qui entre dans le corps, mange le ventre, les tripes et « fait chier et vomir du sang », comme me le dit Beto qui n'a pas besoin de subtilité avec moi. Les hommes meurent alors en se vidant et en criant à la vue de tous.

Marilda, la femme aux bracelets, relève la tête : « Le gouvernement dit qu'il y a tout ce qu'il nous faut dans la clinique, mais tu vois bien, ici, qu'on manque de médicaments ! On est tous en train de mourir. On est arrivés à un point critique de survie. »

C'est son mari Daniel, qui a reçu une formation basique à l'usage du microscope, qui a diagnostiqué le petit garçon dans le hamac. Par la même occasion, Daniel a analysé son propre sang et s'est découvert malade, lui aussi. Mais ce n'est pas tout : sa nièce est également atteinte d'hépatite.

Vouloir guérir, c'est pouvoir se rendre à Atalaia en premier, sans garantie. C'est-à-dire faire en sens inverse tout le chemin que nous venons de parcourir. Quand c'est très grave comme c'est le plus souvent le cas, Atalaia ne suffit pas, il faut pousser jusqu'à Tabatinga ou, pis encore, aller à Manaus. Mais quand on va à Manaus, c'est pour mourir.

« Quand nos proches vont à Manaus parce qu'ils sont malades, ils ne reviennent pas. »

Ce soir, je ne dors pas. Le village est prisonnier de la nuit pleine d'étoiles, pas une lueur, ici-bas, à part celle de ma lampe-torche que je n'allume pas par peur des raids nocturnes des moustiques qui ont déjà dû me sucer la moitié d'un bras. Je me gratte sans arrêt, même en dormant, car les petites mouches se sont bien régalées de chaque centimètre carré de peau exposé. Demain, manches longues, pantalon, chaussettes !

Mais je ne dors pas, parce que j'entends pleurer depuis plusieurs heures. C'est Marilda, dans sa hutte toute proche. Elle ne pleure pas comme « nous », elle expulse un son de tout son corps, comme pour en vider toute la tristesse. C'est un long chant rauque dans une bouche ouverte, qui répond au souffle de la forêt. Sa nièce n'a pas eu besoin d'aller à Manaus.

Partout dans le monde, peu importent la culture, la région, le langage, le sentiment de perte est le même.

***

« Pourquoi tu t'intéresses à ces sept mille personnes perdues dans la jungle, Céline ? Pourquoi ne pas essayer d'aller en sauver cent mille ailleurs ? Pourquoi pas la mer, puisque tu es une “Cousteau” ? » Réflexions réductrices maintes fois entendues. Ma famille m'a permis de comprendre le monde, pas seulement la mer. Ce ne sont pas « que » sept mille personnes, ce sont elles et les 85 000 kilomètres carrés qu'elles représentent. Les 85 000 kilomètres carrés qui contribuent à nous donner un cinquième de notre oxygène sur la Terre. Et « elles » m'ont demandé mon aide, « elles » sont devenues une extension de « moi », car je ne sépare pas leur destin du mien.

Le refrain d'une époque

Comme chaque soir, dans le carré de la *Calypso*, mon grand-père, en chemise de coton bleu et quatre stylos dans la poche de la manche, a pris au deuxième service sa place en bout de table, ma grand-mère à sa droite, moi entre les deux. Autour d'eux, l'équipage tourne selon la volonté de Monie. Chaque gars qui entre dans le carré dit bonjour, puis fait le tour de la table. Moi, je m'escrime à plier une énorme feuille de salade en dix jusqu'à pouvoir la piquer de ma fourchette. Monie, mélange détonant de fantaisie, de rudesse foutraque et de manières vieille France, m'a dit un jour : « Ce n'est pas poli de couper sa salade, Céline ! » Je sens sur moi le regard de Jyc, il attend que je fasse ça bien, comme si je faisais un exercice de maths au tableau. J'ai réussi ! Le bleu-vert de ses yeux cligne de malice.

Mon grand-père porte le même regard, engageant et rigoureux, chaleureux et intransigeant, sur ses hommes. Il cherche la passion, l'excellence, la jeunesse, ils ont tous succombé à son charme, ils carburent au rêve, comme le dira l'un d'eux. Pour certains, ils sont entrés dans l'univers de mon grand-père comme on entre en religion, sans autre diplôme que celui d'aimer la mer et de savoir plonger. À chacun son rôle sur le bateau, plongeur, médecin, cameraman, chef de quart, pilote, chacun dans les petits papiers ou non de Monie, chacun avec ce sentiment d'avoir été admis à participer à la plus belle aventure du siècle, celle qui a même remporté la palme d'or à Cannes, en 1956, et un oscar à Hollywood. *Le Monde du silence*, coréalisé avec Louis Malle, a fait de l'homme au bonnet rouge une vedette que le monde entier s'arrache. Mais je n'en ai pas encore la moindre conscience, à l'âge de neuf ans.

Je n'allume pas la télévision le lundi soir à 19 heures pour voir mon grand-père. Jyc, je le vois passer de temps à autre en coup de vent, que ce soit à Norfolk, New York ou Paris. Je vois bien plus Monie, qui a sa chambre chez nous, à Norfolk, le long du couloir, avant celles de mes parents, de mon frère et la mienne. Elle y a d'ailleurs accroché une peluche à un fil de pêcheur, un gros mérou avec des lèvres énormes, suspendu au-dessus du lit. Cette peluche, je l'ai toujours, elle est dans la chambre de Félix, mon fils. Dans ma tête de petite fille, ma grand-mère est là où est la *Calypso*. Quand la *Calypso* part, elle part avec elle, quand la *Calypso* revient, elle revient, tandis que mon grand-père court le monde et écrit sa légende en lettres d'or.

Une après-midi, croyant entendre de la musique sur le pont avant du bateau, je suis montée. Un blond à l'air de hippie est en train de gratter sa guitare. À côté de lui, mon grand-père l'écoute, le sourire aux lèvres.

« Chut, Céline, me dit Michel. Ne va pas le déranger, ils sont en train de discuter. » Tout en courant sur le pont, j'écoute, j'observe les caméras qui tournent.

Le hippie, c'est John Denver, qui a composé la chanson intitulée *Calypso*.

Calypso, les endroits où tu es allée,
Les choses que tu nous as montrées
Les histoires que tu nous as racontées
Calypso, je chante à ton esprit

Le monde après mon grand-père

Les hommes qui t'ont si longtemps
et si bien servie

Comme le dauphin qui te guide
Tu nous emmènes à tes côtés
Pour éclairer l'obscurité
et nous montrer le chemin
Car bien que nous soyons étrangers
dans ton monde silencieux
Pour vivre sur la terre,
nous devons apprendre de la mer.

Calypso, le chant d'une époque.

Le lendemain, Ted Turner, « le » Ted Turner, le magnat américain des médias, fondateur de CNN, est lui aussi de visite sur le navire avec ses fils. Mon grand-père a invité celui qui l'a aidé à percer aux États-Unis et a financé nombre de ses expéditions :

« Je vais te donner des millions, Jacques-Yves, tu vas partir à l'aventure, mais qu'est-ce que tu vas me rapporter ?

— Mais Ted, si je savais ce que j'allais voir, je n'irais pas ! »

Cet échange m'a été répété comme un refrain, le refrain d'une époque où un milliardaire a soutenu un rêve d'aventure sans garantie de résultat. C'était justement ça, la vraie aventure : financer une idée, pour l'un, aller voir ce qu'il y avait de l'autre côté, pour l'autre.

Chaque jour sur ce fleuve Amazone est une découverte, un nouveau monde. Au milieu de tous ces hommes, sur ce bateau dont elle connaît chaque respiration, dont elle aime caresser les épontilles, dont elle sait que, si un jour il ne navigue plus elle en mourra, Monie arpente le pont, boit, jure, le visage creusé, tanné par le soleil et le vent. Et elle rit, les yeux tournés vers l'horizon.

Le soleil couchant, tout doré, entre par mon hublot. La rivière est belle, très belle. Je m'endors en écoutant le froissement de l'eau sur la coque.

Des mots qui n'existaient pas

Quand j'avais dix ans, il y a des mots qui n'existaient pas. Des mots qui, avec la pandémie de Covid-19, ont revêtu une brûlante actualité. Des mots qui sont entrés dans le langage courant.

Survivalisme. Mouvement selon lequel l'homme doit se préparer à un environnement devenu hostile. Sur Internet, on ne compte plus les tutos de cette nouvelle tribu en voie d'expansion ni les témoignages de ceux qui se mettent à stocker dans leur cave des produits de base, retournent vivre à la campagne près d'une source d'eau potable, apprennent à faire pousser des salades par eux-mêmes et édifient des « bases autonomes durables ».

Collapsologie. Courant de pensée apparu au début du XXIe siècle étudiant les risques d'un effondrement de notre civilisation. Il s'inscrit dans l'idée que l'homme affecte durablement et négativement son environnement. Comment postuler une croissance infinie dans un monde fini ? Les collapsologues s'adressent aux générations présentes en leur parlant du futur, de leurs enfants.

Nous vivons désormais avec l'idée de fin du monde, du moins « un monde » qui disparaît sous nos yeux.

Un jour, alors que nous discutions du mode de vie dans la jungle, Beto Marubo m'a dit : « Bien sûr qu'il faut penser au présent, mais il ne faut jamais oublier de penser que le présent sera bientôt le futur. »

Son propos ne concernait pas seulement le rapport à la consommation dans la jungle, mais un rapport plus général au temps, que l'on rencontre dans beaucoup de communautés indigènes et qui intègre ce qu'elles appellent la « septième génération ». Enseigné par les Amérindiens, ce principe nous dit que dans chaque décision – personnelle, gouvernementale ou entrepreneuriale – nous devons considérer la façon dont elle affectera nos descendants dans sept générations.

Quand nous n'avons qu'à nous servir au Daily Monop ou dans des frigos toujours pleins pour manger, là-bas, dans la jungle, il faut penser tous les jours à assurer les repas du lendemain. Tous les jours, les femmes partent, pieds nus, travailler dans les champs de manioc, la base de la nourriture, et ramassent les fruits sauvages, tandis que les hommes bâtissent les malocas, fabriquent des armes avec du bois, des morceaux de coquillages, des dents de rongeurs, du poison de grenouille, puis partent à la chasse ou à la pêche. Pour certains, les fusils ont remplacé les immenses sarbacanes polies avec un mélange de résine et de cire d'abeille et les fléchettes empoisonnées, et le chasseur rapporte le gibier qui se présente, un singe, un tapir, une tortue, un pirarucu, le plus gros poisson d'eau douce d'Amazonie, des piranhas... Viande, os, peau, plumes, tout est consommé, transformé, utilisé.

Ce jour-là, le chef du village avait disparu dans la forêt au petit matin, il en était revenu plusieurs heures plus tard, le dos courbé par la dépouille sanglante d'un sanglier. La bête déposée sur des feuilles de bananiers pouvait être découpée à la machette et nourrir quatre ou cinq familles pendant quelques jours.

Une autre fois, dans un autre village, ils avaient tué un tapir pour nous l'offrir à manger en prévision de notre venue. J'ai puisé dans le bol commun avec mes doigts, en pensant que c'était sans doute la première et dernière fois que je mangerais du tapir. Dans mon for intérieur, j'ai aussi compté combien nous étions sur le banc. Dix. Quand vous êtes assis autour d'un bol rempli de morceaux de viande, vous regardez d'abord autour de vous avant de prendre votre portion, pour voir s'il y en a bien pour tout le monde. Quand on connaît la rareté et la valeur des choses, on y fait plus attention. On respecte ce que la terre donne, on sait l'énergie, le temps, l'eau, le travail qu'il a fallu pour voir pousser un fruit, une racine, un arbre, l'effort qu'il a fallu pour aller abattre un animal capable de nourrir une famille. La nature est un univers de patience, et s'il y a bien une chose qui me rend malade, c'est le gaspillage. Là-bas, le gaspillage n'existe pas. Comme il n'y a aucune réserve de nourriture, la surconsommation est impossible.

Un jour, j'ai emmené Beto dans un supermarché aux États-Unis. Il s'est planté un long moment devant les rayons débordant de choix, bardés de lumières criardes et de promos en lettres capitales. Il a roulé de grands yeux étonnés :

« Mais vous êtes fous ! Vous faites comment ? »

Crime contre la nature

C'était un samedi pluvieux en février 2005. La pluie venait de tous les côtés à la fois, alourdissait les lourdes voiles des feuillages de la jungle. Dorothy Stang marchait le long d'un chemin boueux en direction de Boa Esperança, un village près d'Anapu où elle vivait, dans le nord du Brésil, sur la rive orientale de l'Amazone. Elle marchait seule sous la pluie torrentielle avec sa bible quand, surgis de nulle part, deux hommes lui ont fait face. Voyant l'un dégainer son arme, elle s'est arrêtée, a ouvert sa bible sous le ciel en colère, a lu un verset, demandé qu'on l'épargne. Ils ont épaulé leurs fusils et son corps est retombé au sol dans un bruit lourd.

Ils l'ont tuée, elle et les arbres.

La religieuse de soixante-treize ans, qui se savait menacée depuis des années, avait inspiré Esperança, un grand projet de développement durable : 63 000 hectares de forêt à partager et à distribuer à 420 familles pauvres, des terres à utiliser pour des cultures de subsistance sans défricher plus de 20 % de forêt. Espoir magnifique. Mais c'était sans compter avec les *madeireiros* (exploitants de bois), les *fazendeiros* (grands éleveurs et agriculteurs) et les *grileiros* (usurpateurs de terres publiques). On surnomme ces derniers de la sorte parce que, après avoir forgé des titres de propriété falsifiés avec la complicité du cadastre, ils les font « vieillir » dans des bouteilles remplies de grillons afin que les excréments des insectes les jaunissent et leur donnent un aspect d'authenticité.

La religieuse a rejoint le syndicaliste Chico Mendes, tué en 1988, et tous les autres au panthéon de la forêt. Son assassinat, commandité par une grande entreprise, n'était qu'un épisode de plus dans le conflit sanglant pour la terre qui déchire l'Amazonie.

Tous ceux qui barrent la route aux puissants intérêts, à ceux qui souhaitent faire main basse sur le poumon de la planète, sont menacés, et aujourd'hui encore plus qu'hier. Le Brésil est le pays qui connaît le plus d'assassinats de défenseurs des indigènes, de défenseurs de l'environnement. Là-bas, on les élimine plus que n'importe où dans le monde. Trafiquants de bois, orpailleurs hors la loi, chercheurs d'or... Les coupables sont rarement retrouvés. Le Brésil est un réservoir de crimes contre la nature. Je ne suis pas à l'abri du même sort. Pourquoi faudrait-il mourir pour protéger des arbres et des peuples ?

Aujourd'hui, Beto Marubo a quitté l'organisme gouvernemental de la FUNAI pour s'investir en tant que représentant de l'Association des peuples indigènes de la vallée de Javari (UNIVAJA). Beto fait partie de ceux qui critiquent d'une voix forte la corruption du nouveau gouvernement brésilien qui n'a fait qu'affaiblir la FUNAI – « ces millions de réais (la monnaie brésilienne) qui entrent mais qui n'arrivent jamais dans la jungle » –, la rhétorique anti-indigènes de Bolsonaro, sa volonté répétée d'ouvrir les terres indigènes à l'exploitation commerciale et minière, ses coups de boutoir contre l'instance fédérale chargée de la santé des indigènes, les incursions illégales des chercheurs d'or et des vachers dans la vallée de Javari.

En avril 2019, j'ai fait venir Beto au Forum permanent des Nations unies sur les peuples indigènes. Il a dénoncé tout cela devant l'assemblée. Et il a demandé l'aide et l'attention de la communauté internationale.

Notre attention.

« Car c'est à un des derniers porte-parole d'une société en voie d'extinction de notre fait, avec tant d'autres, qu'il appartient d'énoncer les principes d'une sagesse dont nous sommes encore trop peu nombreux à comprendre que dépend aussi notre propre survie », disait Claude Lévi-Strauss en 1993.

Aujourd'hui, j'ai deux frères aussi taquins l'un que l'autre ; un grand, Fabien, et un plus jeune, Beto Marubo.

Beto vit à Brasilia avec sa femme, une Brésilienne, mais il retourne régulièrement rendre visite aux siens dans la jungle. Alliance tiraillée entre deux mondes, pont entre deux rives si éloignées. Sera-t-il possible un jour de les réunir ?

Depuis la mort de son père qui était le chef de son village, en 2018, sa tribu le presse de revenir. « Tu es l'héritier », lui dit-on.

Quand, inquiète, je demande à Beto ce qu'il compte faire, rester à Brasília avec sa femme et ses enfants qui sont nés là-bas ou bien retourner dans la jungle, il ne sait pas.

« Je pense qu'un jour je serai obligé d'y aller. »

Parce que sa terre a besoin de lui, parce que les terres des indigènes ne sont aujourd'hui plus protégées.

« Et ta femme, elle viendra avec toi ? »

Il hoche de la tête : « Je pense que oui, mais je ne sais pas si elle restera. C'est la jungle, Céline. »

Beto a deux enfants, dont un fils. La tradition veut que les garçons restent avec leur père, tandis que les filles quittent souvent le village. Restera-t-il lui aussi ?

Dans mon for intérieur, je repense à ce qu'on m'a dit : un homme de la jungle peut s'adapter et vivre en ville, mais un homme de la ville meurt vite dans la jungle…

Pourtant, nous sommes tous en train de devenir des indigènes. Les indigènes de notre propre planète.

***

L'Amazonie est en feu. Le visage de la forêt s'efface sous d'épaisses chandelles de fumée blanche. Les flammes vont-elles finir par s'arrêter ? En ce mois d'été 2019, je suis rivée, comme le monde entier, à mon écran rouge de télévision.

89 178 foyers d'incendie détectés en Amazonie brésilienne en 2019. Soit 30 % de plus que l'année précédente. Ils sont essentiellement liés à la déforestation humaine, quand ceux qui ont frappé l'Australie en 2020 sont dus, eux, à la sécheresse.

D'un bout à l'autre de la Terre, nous sommes entrés dans l'ère des mégafeux, des feux dont la vitesse de propagation et la surface dépassent de loin celles des incendies classiques, des feux qui sont à la fois un effet et une cause du réchauffement climatique.

***

J'ai treize ans, nous sommes partis de Norfolk pour nous installer à New York où mon grand-père a ouvert de nouveaux bureaux. La photothèque a suivi, ma mère qui gère cette librairie d'images aussi, et nous avec elle. Nous habitons l'appartement tout en haut de l'immeuble de quatre étages qui abrite les bureaux de la société de mon grand-père et que je dois chaque fois traverser quand je rentre du collège, avant de retrouver ma chambre.

Un petit signe à la réceptionniste, un premier bureau, quelques marches descendent d'un côté vers la salle de montage, tout droit, quelques marches à gravir mènent vers la salle de conférences et, plus loin, un autre escalier conduit à un grand espace ouvert de bureaux. Tout est en demi-étage. Plus haut encore se trouve la photothèque avec un grand placard bourré de pellicules et de classeurs remplis à ras bords de diapositives, et la fameuse table lumineuse de ma mère.

« Bonjour ! Bonjour ! » Je cours, je vole. « Maman n'est pas là ? »

— Va voir en bas dans la salle de montage. »

Je la retrouve dans la pénombre de cette pièce, avec Kathy et Edwige, cigarettes au bec, devant des bobines en train de tourner, dans un épais nuage de fumée. Je m'installe, les bouts de bobine coupés qui tombent par terre, le bruit de la machine de montage qui s'enclenche hachent le silence. Le film vient à peine de « rentrer ». Des coraux de toutes les couleurs éclaboussent l'écran de mes souvenirs.

La dernière fois que j'ai plongé c'était dans les Caraïbes, j'y ai vu du corail blanc, des bancs entiers de corail blanc, morts. Aucun poisson ne venait se glisser entre ces branches calcifiées qui semblaient passées à la Javel. Un cimetière marin. En cinquante ans, la Terre a perdu 40 à 50 % de ses récifs coralliens et cela ne fera qu'empirer si nous ne faisons rien pour limiter le réchauffement climatique à 2 °C. Le corail meurt de l'augmentation de la température de l'eau et de l'acidification de la mer. Le corail, la base de la vie pour les poissons, pour tout un écosystème sous-marin, de la même façon que l'est pour nous l'Amazonie. S'il n'y a plus de corail, il n'y aura plus de poissons. Plus de poissons pour nous non plus. Si l'on abat les arbres de la forêt tropicale, il n'y aura plus d'animaux, et s'il n'y a plus d'animaux ni d'arbres, l'être humain ne pourra pas survivre. Je suis triste de voir que mon fils va grandir dans ce monde-là.

Arbre de vie

Samauma. J'aime ce mot, doux, au son ouvert, il sonne à mon oreille comme une incantation. Le samauma est l'arbre le plus haut d'Amazonie. J'aime le toucher. Son écorce est grise et lisse, il pousse droit, au-dessus de la canopée, il abrite la vie, porte des fruits qui nourrissent les animaux. Ses racines s'enfoncent jusqu'aux profondeurs de la terre, jusqu'aux nappes phréatiques, y puisent l'eau et la redistribuent à la surface, assurant un rôle fondamental dans l'écosystème de la forêt.

Le samauma incarne le symbole universel de l'« arbre de vie » pour les indigènes. Plus qu'un arbre à la croissance millénaire, il est en effet un lien entre le passé et l'avenir, entre le sous-sol et la surface. Il montre que tout est lié sur la Terre, tout. Totem de l'intelligence du vivant. Le samauma me fait penser à la puissance du baobab, un arbre dont on dit à Madagascar que ses racines sont celles du ciel. « Le Baobab » est aussi le nom de la maison que se sont fait construire mes grands-parents face à la Méditerranée, la seule où je me sens toujours vraiment chez moi. C'est Monie qui a eu l'idée de la baptiser ainsi, elle était folle de cet arbre.

Le samauma, le baobab : ces rois sont très fragiles. Malgré leur fonction essentielle pour le vivant et pour les peuples, on les abat. On coupe les samaumas, on déboise autour des baobabs qui ne peuvent vivre isolés longtemps et finissent par mourir, eux aussi. Ces arbres finissent en planches, en papier ou en branches mortes le long de corridors évidés. Comme les indigènes, le baobab a pourtant beaucoup de choses à nous apprendre. À mille ans, il reste encore jeune, son existence dépasse de loin celle de plusieurs générations d'hommes.

Je suis allée chercher de l'espoir à Madagascar, une île où la biodiversité est d'une richesse phénoménale : quatre espèces sur cinq, animales ou végétales, n'existent nulle part ailleurs. Prenez les caméléons : il en existe plus de cent cinquante espèces dans le monde et la moitié se trouve là-bas. Un éden écologique.

À Madagascar, en une génération, les deux tiers de la forêt ont été perdus. Il y a cinquante ans, il y avait cinq à six fois plus de baobabs qu'aujourd'hui. L'homme a déboisé, brûlé, cultivé, dans une île qui pratique la culture sur brûlis et où 85 % des habitants n'ont pas l'électricité. Hier, les arbres empêchaient l'érosion, aujourd'hui, les pluies lavent les sols et donnent aux fleuves une teinte rouge. Sans ses arbres, la terre saigne.

Une longue entaille rouge dans la forêt, dans le nord de l'île. Au milieu, une fourmilière humaine. Les mineurs éventrent la terre à la recherche du saphir. Ces hommes ont les mains dans le sang pour quelques dizaines d'euros qui vaudront mille fois plus à Paris ou à New York, et feront briller nos bagues, nos boucles d'oreilles. À qui les mains dans le sang ? Quelques pierres bleues ont été découvertes ici. Depuis, on a beau tendre l'oreille dans le souffle de la forêt, on n'entend plus le cri des lémuriens, tout en vibrations. Si on ne l'entend plus, cela veut dire qu'ils ne sont plus là, qu'ils ne dispersent plus les graines des fruits qu'ils ont mangés. Que la forêt n'est plus là.

« Combien de millions doit-on dépenser pour la reforestation ? Les lémuriens font ça depuis des années gratuitement », me dit Jonah Ratsimbazafy, un primatologue rencontré là-bas, qui a consacré sa vie à la protection de ces petites bêtes gracieuses montées sur ressorts.

Un arbre debout rapporte plus qu'un arbre abattu, pourtant.

Dans l'est de l'île, par la seule volonté d'un homme, un pan de forêt séculaire a été sauvé. Olivier Behra, avec son ONG « L'Homme et l'Environnement », protège un trésor mondial. Il a planté 400 000 arbres sur 1 600 hectares. Il en a obtenu la concession pour vingt ans. Sa réserve a quelque chose de magique. Une vie épaisse, exubérante, coule le long de ces vallons couverts d'arbres. Vue du ciel, la voie ferrée marque une césure nette entre le nouveau monde et l'ancien. D'un côté, les milliers d'arbres plantés par Olivier, de l'autre, des collines déboisées par l'homme, chauves.

Dans sa réserve, Olivier a réintroduit pas moins de cent cinquante essences et espèces différentes comme l'aloe vera ou la citronnelle, mais aussi des essences devenues rares.

Sur les treize mille plantes de Madagascar, on en trouve dix mille, ici. Des essences dont les principes actifs intéressent les laboratoires. La forêt d'Olivier est une pharmacie à ciel ouvert. Il a trouvé un processus pour valoriser ses plantes auprès des industriels tout en faisant bénéficier les communautés locales. Il a utilisé une méthode vieille comme le monde : il a construit un alambic. Une simple distillerie où travaillent aujourd'hui deux cent cinquante personnes transforme ainsi la forêt en élixir, sans déboisement.

Au cœur de la forêt primaire, on distille du gingembre papillon, on récolte de la maniguette fine pour en faire une huile essentielle réputée pour ses vertus apaisantes, on produit du calophyllum qui agit sur les problèmes de peau, les brûlures, les rhumatismes, les plaies infectées… Un or vert qui est vendu à de grandes marques de cosmétiques et dont les dividendes aident à financer des structures sociales et sanitaires, des écoles, des maternités. Un système qui préserve l'écosystème, implique la population locale, valorise le savoir-faire malgache et nous aide à nous soigner. Un système qui préserve les arbres à côté des hommes. Tout le monde y gagne.

L'homme et la nature ont une communauté de destin. Ils sont indissociablement liés. Il n'y a pas de protection possible de la nature si l'on ne remet pas l'homme au centre, si l'on ne pense pas que cet homme à l'autre bout de la Terre est le même que nous.

La biodiversité offre des pistes infinies de développement. Pour fouiller parmi ces nouvelles pistes de conservation, il faut de l'argent, mais surtout des bonnes volontés. Des passeurs. Les idées d'Olivier sont comme des graines. Si on les sème, d'autres forêts sortiront de terre. La forêt est la clé. Sans elle, pas de vie sur Terre. L'homme est le coupable, mais aussi le médecin. Suspendons notre assaut, laissons la nature récupérer.

Se reconnecter avec la nature

Quand je fais de l'escalade ou quand je plonge, je ne pense plus, je ne réfléchis à rien d'autre qu'à ce que je fais. Je suis contre la paroi, je cherche mes appuis, mon centre de gravité. Je déplace mon corps avant mon pied, lâche une main : la paroi me repousse, j'y reviens ; je suis au fond de l'eau, dans ce monde qui n'est plus la terre, je flotte, ne sens plus la pesanteur de mon corps. *Je suis.*

Je suis dans le moment présent, parce que la nature m'y oblige. Je ne pense plus à ma liste de courses, à mon prochain projet sur le feu, aux mails que j'ai reçus ou que je dois envoyer, à ceux qui attendent une réponse, je *vis* le moment présent. Cette sensation, je la retrouve quand je suis en Amazonie ou en Antarctique. Peu importe l'écosystème, je la retrouve quand je suis au milieu de la nature, au milieu d'une forêt, d'un parc, en mer.

C'est ce qui nous manque, dans le quotidien de notre vie à cent à l'heure : nous nous éloignons de la nature, nous perdons son souffle vital, l'origine du monde. Nous pensons à ce que nous avons fait hier, à ce que nous ferons cet après-midi, demain, après-demain, aux enfants, au travail, et nous ne sommes plus à l'écoute de nous-même. Nous sommes comme des lumières éteintes.

Se reconnecter à la nature pour se reconnecter à soi-même.

Pensez-y. Vous et la nature, vous *dans* la nature. Êtes-vous le même que devant cet écran qui fait si souvent interface avec le monde ?

Nous vivons dans un monde pixellisé, irréel, dont nous croyons être les maîtres. Un monde où le statut et la possession nous valorisent aux yeux des autres. Suis-je populaire sur Instagram ? Suis-je le plus fort, la plus belle ? Nous ne connaissons plus le réel, le désir vient avant le besoin. Et si nous revenions les pieds sur Terre ?

Un soir, je dormais mal. Comme souvent dans ce cas-là, j'ai lu un livre, d'une traite. Cette fois, *Quelques grammes de silence* d'Erling Kagge[1] m'a tendu ses pages. Le silence que l'on peut aller chercher dans un monastère ou en vacances, le silence que l'on peut trouver en soi telle une île intérieure, le « monde du silence » que je recherche pour ma part dans la nature.

Quand on vit dans le bruit, on n'a pas la possibilité de se séparer du monde qui tourne autour de soi. Quand je suis trop longtemps en ville, j'ai besoin de me rendre dans un parc. Marcher une demi-heure près des arbres, m'abreuver à un pan de ciel. Nous vivons dans un brouhaha constant qui n'est plus seulement le vacarme de la rue, mais le bruit de notre tête, de nos besoins, un bruit qui ne laisse plus la possibilité d'un répit, plus le temps de se recentrer, plus le temps de regarder ce qui se passe autour de nous, de voir l'*autre*, le monde.

Curieusement, ou pas, c'est pendant le confinement imposé par l'épidémie de Covid-19 que j'ai retrouvé, comme beaucoup, un peu de silence, comme une paix recouvrée. Pas de

1. Flammarion, 2017.

voitures, pas d'avions, pas de foule. Juste le bruit de mon clavier, de ma famille et de mes pensées.

Et si le monde d'après pouvait rester ainsi ?

Erling Kagge s'attarde aussi sur la définition du luxe. Qu'est-ce que le luxe ? « Un produit qui n'est pas essentiel et qui est rare, ou plutôt dont les gens pensent qu'il est rare », nous dit-il. Question d'interprétation, en effet. Pour moi, le luxe n'est pas quelque chose à acheter. Le luxe, c'est le temps, le temps passé dans la nature, dans la forêt, dans la lecture d'un livre, dans un jeu avec mon fils, dans la musique d'un océan.

Le chant des baleines

« Nous mettrons le cap sur la Terre de Feu, et nous irons sillonner les eaux de l'archipel Magellanique à la recherche des derniers Indiens de ce bout du monde : ceux qu'on appelle les *nomades de la mer*. [...] »

Jacques-Yves Cousteau
et Yves Paccalet,
La Vie au bout du monde, 1979

On dirait que le ciel entre dans les fjords, un ciel lourd de nuages, troués par endroits par la main du soleil. À bord du bateau qui sillonne les canaux étroits des fjords, je pense à lui, lui qui est venu naviguer ici l'année de ma naissance, en 1972. J'ai embarqué avec moi son livre. Curieuse impression, sensation étrange et rassurante d'une continuité. Mon grand-père a-t-il vu ces mêmes doigts de pierre sortant de la mer, ces côtes abruptes que je vois là, devant moi ? Sont-ils passés exactement par ici avec Monie ? Quelles tempêtes ont-ils eu à affronter sur la *Calypso*, équipée pour la première fois d'un système de réception de cartes météorologiques envoyées par les satellites de la NASA et de la NOAA[1] ? Le paysage a-t-il changé, en cinquante ans ? Me voilà aux confins du monde, en Patagonie, ce vaste triangle de terre compris entre le río Negro au nord et le détroit de Magellan au sud. Trois mille kilomètres le long de la cordillère des Andes qui se découpent en îles et en fjords. Décor brut, inexploré, de feu et de glace, de vents forts, de glaciers et d'herbes sèches, de montagnes qui se jettent dans des eaux troubles, royaume de la baleine, l'animal qui fascinait tant mon grand-père, ce « léviathan de l'onde » dont il craignait déjà la disparition.

« La nuit est froide et noire. Je suis assis sur la berge, immobile, et j'écoute les souffles des baleines [...]. Elles sont toutes proches.

1. National Oceanic and Atmospheric Administration.

[...] Elles sautent, maintenant, à moins de 200 mètres de moi. Leurs corps énormes assènent, en retombant, de formidables claques sur la mer. Entre les éclaboussements, je perçois les souffles profonds de ces cétacés : un concert de grandes orgues [...]. Voilà de quelle façon je passe ma première nuit en Patagonie[1]. »

Pour les entendre au plus près, l'équipe avait immergé des hydrophones à 25 mètres de profondeur et tout enregistré sur des bandes magnétiques, de préférence la nuit, car les baleines à bosse sont alors plus bavardes que le jour.

C'est un son qui vous traverse tout le corps, qui transperce la coque du bateau, la nuit. La première fois que j'ai entendu ce chœur sacré, c'était à Hawaii, pendant la période d'accouplement des baleines à bosse. Jour et nuit, les mâles chantent pour attirer les femelles. C'est à celui qui chantera le plus fort, le plus longtemps, pendant la parade nuptiale. Une polyphonie de craquements, de percussions, d'ondulations qui montent et qui descendent.

De ce jour-là, je me souviendrai toute ma vie. Notre Zodiac filait sur l'eau, dans le sillage

1. Jacques-Yves Cousteau et Yves Paccalet, *La Vie au bout du monde*, Flammarion, 1979.

d'une femelle, de son baleineau et de leurs jets de bruine dans le ciel. À bord, Carrie, notre photographe, Yves, notre chef opérateur, Antoine, notre deuxième caméra, et moi. Avec Carrie, nous avons sauté à l'eau avec pour seul équipement un masque et des palmes, laissant le Zodiac s'éloigner, guettant en surface et sous la mer l'énorme animal dont les nageoires ressemblent à des ailes de Boeing. Allait-il s'éloigner ? venir dans notre direction ? Nous avions bien sûr l'espoir que la baleine viendrait vers nous.

Elle n'a pas dévié de sa route.

Insensiblement, sentant s'accélérer les battements de mon cœur, je me suis recroquevillée à l'approche du monstre de chair qui nageait vers nous en émettant le grincement d'une porte rouillée. Le son s'approchait, emplissait toute la mer, l'espace. Carrie m'a regardée, un éclair de panique au fond des yeux. Le grand corps arrivait droit sur elle. La baleine allait-elle la voir ?

Comme dans une scène au ralenti, la nageoire pectorale, immense, lui a frôlé les cheveux. La baleine l'avait fait exprès, elle l'avait soulevée, juste ce qu'il fallait, pour éviter la tête de Carrie, tétanisée. Elle avait voulu préserver les minuscules créatures que nous étions. La baleine est passée entre nous. Et tandis que son grand corps luisant glissait en avançant, j'ai vu son gros œil se tourner vers moi. Je suis restée figée dans l'eau. Elle m'avait vue. J'existais.

Yves et Antoine étaient aussi dans l'eau. Ils étaient descendus avec un recycleur, un appareil de plongée sophistiqué qui permet une plus grande autonomie sous l'eau, un système fermé qui recycle l'air et évite les bulles. Yves l'avait adopté pour cette raison, pour ne pas gêner les baleines. Nous étions, Carrie, Antoine et moi, remontés sur le Zodiac, nous l'attendions. Il était le dernier encore sous l'eau, après trois heures de plongée. Quand il a fini par remonter, blême et tremblant de froid, j'ai vu que ça n'allait pas :

« Je ne me sens pas bien. »

Que s'était-il passé ? Yves était l'un des meilleurs plongeurs que je connaisse.

« J'ai la nausée », ajoute-t-il.

Il avait pris la vibration du chant des baleines en plein diaphragme pendant près de trois heures. Comme s'il s'était mis devant des baffles en plein concert des Stooges.

Sur le bateau qui trace sa route sur la mer, je le revois allongé dans le Zodiac, terrassé par le chant du cétacé. Je scrute les remous au loin, cherchant le souffle des baleines pour les repérer. Les effets de leur respiration se voient de loin, le geyser peut atteindre 12 mètres. Celles-ci, à Hawaii, sont des baleines à bosse. En Patagonie, il y a aussi des baleines bleues, les plus imposantes d'entres elles, les plus gros animaux vivant sur Terre. Elles mesurent de 21 à 30 mètres ! Une langue de baleine pèse l'équivalent de cinq éléphants ! Même les dinosaures ne peuvent pas rivaliser, il n'y a jamais eu d'animal plus massif sur la planète. Et pourtant, les baleines bleues ont été décimées par l'homme.

Autrefois, la baleine rapportait gros, surtout grâce à son huile qui servait à tout, même à éclairer les rues en Europe. On évaluait leur nombre à vingt-deux mille dans l'Antarctique dans les années 1930. Il n'y en avait plus que trois mille au moment où mon grand-père écrivait ces lignes. Elles ont aujourd'hui pratiquement disparu. C'est au XXe siècle, et non au XIXe, comme on le croit encore trop souvent, qu'ont eu lieu les plus grands massacres commis par les baleiniers. Mon grand-père a contribué à y mettre fin, à faire bouger les mentalités qui, du temps de Melville, ne voyaient que la férocité du cachalot et qui s'étonnent aujourd'hui de la mansuétude de ces grands animaux vis-à-vis de l'homme. Il a été le premier à les filmer sous l'eau, à écouter leur chant avec amitié.

En 1986, la chasse à la baleine est mise hors la loi partout dans le monde. Un succès qui lui doit beaucoup. Même si cette pratique perdure malheureusement.

Ce soir-là, en écoutant nos enregistrements dans les eaux de Patagonie, en cherchant à percevoir ces infinies modulations qui s'apparentent à une conversation, je me demande, moi aussi, si nous parviendrons un jour à communiquer avec les baleines, si nous chercherons encore à rallier un monde qui se perd.

***

Madre de Dios en vue, ses glaciers de marbre et ses crêtes sculptées par le vent. Patagonie ultime. C'est ici, dans les grottes de cette île hostile et blottie entre les fjords, que se réfugiaient les nomades des mers, les Kaweskars. Ils vivaient sur leurs canots et pirogues et se déplaçaient selon les migrations des animaux, entre le golfe de Penas et le détroit de Magellan, chassant les otaries et les oiseaux de mer. Les femmes, elles, s'enduisaient de graisse de phoque et plongeaient nues dans les eaux glacées pour aller chercher des oursins et autres mollusques. C'était leur vie avant que les colons espagnols n'arrivent au XVIe siècle et ne les confinent sur la terre. Les Kaweskars ont alors construit des maisons de bois, un habitat qui n'était pas le leur, se sont mis à vivre selon des traditions imposées, avant d'être envoyés en Europe et exhibés, plus tard, quand vint la mode des zoos humains... En 1881, onze d'entre eux furent amenés à Paris pour être exposés au bois de Boulogne et au jardin zoologique de Berlin. Honte à nous.

Ils étaient trois mille au XVIe siècle. Quand mon grand-père débarque ici en 1972, à Puerto Edén, au nord de Madre de Dios, ils ne sont plus que vingt-sept. « Neuf hommes, six femmes et douze enfants, constituant cinq groupes familiaux, et répartis dans huit maisons. » Le Commandant décrit des hommes en haillons, qui ont perdu leur sens de la fête, leurs connaissances, leurs coups de main ancestraux. Ils étaient les rois de la mer, ils sont devenus les mendiants de ces terres battues par les vents violents du Pacifique.

Aujourd'hui, ils ne sont plus que onze à vivre ici, reclus à Puerto Edén, dans un ensemble chaotique de baraques de bois et de tôles perdu dans la brume australe. En les voyant, je repense au sentiment de mon grand-père sur le départ, quarante ans plus tôt.

« Je suis à la fois content de notre expédition, et déçu de n'avoir trouvé que des Indiens au bord du désespoir et de l'extinction, dans un pays menacé de chaos. Ils semblent déjà ne plus être de ce monde. [...] Le désespoir de la vie qui s'éteint. »

J'ai en mémoire un cliché du film de mon grand-père sur cette expédition, où je le vois assis dans une hutte avec à sa gauche une femme et un petit garçon de sept ans environ aux yeux bridés, la peau mate. Cette image mentale en noir et blanc, je l'ai longtemps conservée comme le témoin d'un autre temps. Cette femme et ce petit garçon étaient-ils morts, eux aussi ?

Ce petit garçon est devenu grand et durant ce voyage d'adulte, je l'ai retrouvé. La vie nous réserve souvent des hasards qui n'en sont pas. Juan Carlos Tonko se souvenait très bien de ce grand monsieur aussi long que maigre qui l'avait pris sur ses genoux et lui avait souri, derrière ses lunettes. Jamais il n'aurait pensé, un jour, revoir un membre de sa famille. Sa mère Gabriella était toujours là, doyenne de quelques survivants, dans sa maison de bois tournée vers l'océan. Avec Juan Carlos, nous avons fait une plongée dans les eaux glacées des fjords. Avec lui qui n'avait jamais plongé qu'en apnée, nous avons tracé un bout de chemin dans ce monde flou, chargé de particules. Quelle joie de retrouver à l'autre bout du monde ce visage « connu » et de partager un tel moment, quelle surprise de voir que, malgré tout, l'histoire continuait, que tout était lié.

Depuis des années, je porte en pendentif la *chacana*, la croix des Andes. J'y suis attachée parce qu'elle incarne une compréhension du monde que j'ai adoptée. Cette croix représente nos trois « temps » d'existence : le passé, le présent, le futur. Ils constituent aussi trois « étages » d'existence : le monde souterrain, inférieur (notre inconscient, la mort), le monde du milieu, terrestre (le vivant), et le monde supérieur, le ciel (la spiritualité). Chaque niveau est représenté par un animal. Le ciel, le futur, c'est le condor ; les ténèbres, le passé, c'est le serpent ; le terrestre, le présent, c'est le puma, mon animal fétiche, le roi de Patagonie.

Petits et gros poissons

Qui peut dire aujourd'hui, quand il achète un poisson au marché ou en grande surface, d'où il vient ? Savez-vous tout, absolument tout, du saumon que vous consommez ?

Plus de 70 % des poissons de mer profonde ont absorbé du plastique. En 2050, les scientifiques prévoient qu'il y aura plus de plastique que de poissons dans la mer. Qui est responsable de cette pollution ? Nous tous. Dans les pays en développement, ces déchets se voient, stagnent souvent à ciel ouvert. Dans les pays dits développés, ils sont rayés du paysage. Des gens, des éboueurs, sont payés pour nettoyer. Tous les matins, ils passent, effacent les ordures de nos rues, de nos plages, lisses, propres. Mais où vont ces déchets ? Dans les égouts, dans les rivières, dans la mer.

Rien de ce que nous donnons à la nature ne se perd. Tous les produits chimiques que nous utilisons se retrouvent dans l'environnement et remontent la chaîne alimentaire. Un petit poisson qui mange du mercure, comme il en existe aussi naturellement dans la nature, sera mangé par un poisson plus gros et à la fin par l'homme.

Un simple exemple : on enregistre aujourd'hui un taux très élevé de cancer chez les orques du côté Nord-Pacifique des États-Unis. Pourquoi chez les orques ? Jusque dans les années 1970, la côte californienne utilisait beaucoup de pesticides dans l'agriculture et d'antiflammes. Les pesticides sont entrés dans la terre, partis dans les rivières, et, quand ils sont arrivés dans la mer, ils ont été ingérés par des poissons qui ont ensuite été mangés par les orques. Le taux de cancer est encore plus élevé chez les petits, parce que leur mère leur transmet les toxines concentrées à travers le lait.

Sur terre, il est encore possible de savoir d'où viennent les produits que nous mangeons, l'origine des légumes, de la viande. En mer, c'est beaucoup plus difficile. Prenez un poisson pêché en mer de Béring : il sera nettoyé sur un bateau, réfrigéré en Russie, envoyé en Chine pour être emballé. Il y aura donc marqué « Chine » sur l'étiquette alors qu'il aura fait tout un parcours depuis la mer de Béring. Puis il sera envoyé aux États-Unis et vendu à un consommateur.

Un des problèmes, au milieu de cette longue chaîne, est qu'il existe quantité de bateaux, qu'on appelle des *ghost ships* (bateaux fantômes), qui sillonnent des zones océaniques sans aucune gouvernance, des eaux internationales situées au-delà de 370 kilomètres de la frontière marine des pays. Dans ces *no man's lands*, des esclaves à bord, souvent venus d'Afrique, embauchés par de grands propriétaires de bateaux, sont chargés de pêcher toute la journée dans des conditions sanitaires inimaginables. C'est souvent à ce moment-là que l'on perd les informations nécessaires à la traçabilité. Car une fois que ces esclaves ont pêché le poisson, d'autres bateaux viennent récupérer la marchandise qui est déclarée sous le nom et le drapeau du nouveau navire d'accueil. Difficile, dans ces conditions, de savoir ce que l'on mange, qui l'a pêché, et dans quelles conditions !

On voudrait ne voir que le beau et ignorer le reste, alors que les deux vont de pair. Pour autant, quand on accède à ces savoirs, il y a toujours des solutions, de simples choses à faire pour changer nos pratiques et notre consommation.

Pour ma part, je ne mange presque jamais de poisson. Si on ne peut pas savoir précisément d'où il vient, je recommande de ne pas en acheter. Il faut éviter également de consommer les espèces qui sont tout en haut de la chaîne alimentaire telles que le thon, le saumon ou l'espadon, souvent chargées en mercure et autres produits contaminants. Les plus sûrs sont les petits poissons, ceux situés le plus bas dans la chaîne, comme les sardines ou les anchois. Mais eux aussi sont malheureusement déjà contaminés et menacés par la surpêche…

Quid du saumon, l'espèce la plus consommée au monde ? Lorsque vous achetez du saumon de l'Atlantique, par exemple, vous doutiez-vous qu'il y a des chances qu'il provienne en fait du Chili, deuxième producteur mondial de saumon d'élevage en mer derrière la Norvège ? Alors que le saumon sauvage de l'Atlantique a pratiquement disparu, les trois quarts des saumons consommés aujourd'hui proviennent de l'aquaculture tandis que les campagnes marketing valorisent les eaux cristallines du Chili…

En Patagonie, la nuit, des milliers de petites lumières vertes brillent dans la mer. Des lampions qui éclairent jour et nuit des parcs où des dizaines de milliers de saumons, animaux migratoires par excellence, tournent en rond entre des filets tendus. Toute la journée, des tuyaux alimentent ces bassins pour les nourrir d'un mélange de farines de poisson, de céréales et d'antibiotiques. Cette technique permet de les faire grossir deux fois plus vite que dans la nature et prévient les épidémies, car avec une telle concentration de poissons, si l'un est malade, tous le deviennent. Comme nous en période de pandémie ! Les lumières vertes dans l'eau, quant à elles, empêchent la maturité sexuelle des poissons. En les allumant ou en les éteignant, on influe sur leurs organes de reproduction. Quand le poisson devient mature, toute l'énergie des muscles se déplace vers les organes sexuels… L'homme n'a donc rien trouvé de mieux que d'exercer son contrôle dessus.

À l'autre bout de la chaîne, nos supermarchés et nos estomacs sont remplis de ces chairs brûlées d'antibiotiques, tandis que sur place le surplus de nourriture des saumons finit au fond de la mer et vient perturber tout l'écosystème. Et quand les saumons parviennent à s'enfuir des filets qui se retrouvent parfois endommagés lors de tempêtes, ils se reproduisent et contaminent toute la nature autour. Les lions de mer, les poissons sauvages et les fjords se retrouvent ainsi imprégnés d'antibiotiques ! Or, le Chili en utilise cinq cents fois plus que la Norvège, premier producteur mondial.

Moralité : évitez le saumon d'élevage maritime et soutenez des méthodes plus durables, telles que l'élevage de poissons d'eau douce en milieu fermé. Mieux encore, ne plus en manger du tout même si cela va manquer au palais. La santé en vaut la peine. En voilà une idée.

***

C'est un endroit magique au Mexique, au sud-est de la péninsule de Basse-Californie, une réserve naturelle marine unique, un antidote à la résignation et la fatalité.

En 1995, les habitants du village de Cabo Pulmo, tous pêcheurs, ont réalisé qu'il fallait partir de plus en plus loin pour trouver du poisson. Comme c'est le cas dans bien des endroits du monde aujourd'hui, ils devaient dépenser une part de plus en plus grande de leurs revenus en carburant et fouiller des mers épuisées. Au départ, l'initiative est venue de deux familles du village, qui ont réussi à convaincre l'ensemble des habitants de cesser de pêcher pendant un temps et ont fait appel aux autorités pour les aider à trouver une solution. Un espace maritime protégé a été créé, les pêcheurs ont bénéficié d'aides pour subsister et, en l'espace de dix ans, un miracle s'est produit : l'écosystème a « récupéré » et s'est régénéré, si bien que le parc national de Cabo Pulmo accueille aujourd'hui quantité de poissons et une biodiversité exceptionnelle, comme je n'en ai vu nulle part ailleurs, avec trois cents espèces de poisson, deux cents espèces d'invertébrés marins, ainsi que de nombreux requins ou encore des baleines...

La première fois que j'y ai plongé, je me suis crue dans un aquarium ! Suspendue dans l'eau, je regardais ces milliers de poissons à la couleur d'argent tourner autour de moi en bancs serrés, sauf là où ils avaient fait un trou dans leur banc, comme un hublot qui m'encadrait de poissons. Je rêve d'autres Cabo Pulmo. Aujourd'hui, on paie même pour aller plonger là-bas, et les pêcheurs ont pu recommencer à pêcher, d'abord à l'extérieur de la réserve pour en faire commerce, puis au sein de la réserve pour les stricts besoins de leur famille.

Se sentir vivante

L'eau est à zéro degré. À peine ai-je plongé que j'ai senti mon sang reculer dans le tréfonds de mes organes. Sous ma combinaison sèche conçue pour ne laisser entrer aucune goutte, j'ai enfilé un maillot de corps, des chaussettes de laine, des gants en fibre polaire et, pour tout garder au sec, j'ai encore vissé par-dessus d'autres gants spéciaux à mon poignet pour l'obturer. Mais la peau de mon visage, elle, est en contact avec l'eau froide. J'ai l'impression d'avoir enfoncé ma tête dans un bol de glaçons.

Jamais ce sentiment d'être isolée, éloignée de tout, de tout ce qui fait le cadre habituel de notre vie, ne m'a à ce point étreinte. C'est une scène digne de science-fiction. Tout autour de nous, les falaises immergées des icebergs oscillent entre un blanc brillant et des variations de bleu turquoise. Nous ne descendons qu'à 20 mètres de profondeur, j'ai pourtant la sensation de descendre à l'infini. Tout est clair, transparent, du cristal, je ne vois pas de fond, aucun. Je n'ai jamais vu d'eau plus pure. Je suis dans le ciel, un ciel inversé. Seul le froid me rappelle ma présence physique dans ce monde où je me sens, de nouveau, si petite, un animal parmi d'autres.

Une fusée me passe sous le nez, brouillant l'eau quelques secondes : un pingouin a sauté de la banquise. Ici et là, de grandes limaces de mer, des nudibranches incolores, se réfugient contre la seule paroi de rochers. Rien à voir avec ceux, bleu vif avec des antennes, rouge-noir avec des collerettes, plus petits, que je vois d'habitude dans des eaux plus tempérées. Quelque part dans le silence blanc, la glace craque, le son se répercute à mes oreilles. J'ouvre les yeux en grand, je veux tout voir, tout absorber de ce spectacle unique, compté.

Je commence à ne plus sentir mes pieds ni mes mains, comme mon visage. Ma mâchoire, que j'ai contractée pour ne pas perdre mon détendeur, s'est figée. Mon corps se glace d'avoir perdu son sang. Troublant de voir la vitesse à laquelle un corps se raidit, la vie s'échappe des extrémités engourdies pour remonter dans le cœur, jusqu'à ce que lui-même s'endorme, fatigué d'avoir trop pompé. Vingt minutes sont passées, le maximum, pour moi. Je remonte les mains en l'air, pour toucher un iceberg, au cas où. Tout se ressemble, ici, dans ces nuances de bleu et de blanc où la glace se confond avec l'eau et l'eau avec la glace.

Dès que je perce la surface, des mains me happent par les aisselles et me soulèvent brutalement de l'eau pour me propulser sur le Zodiac comme un sac ! Mes bras retombent raides, je ne peux rien faire de mes mains, de mes doigts morts, ils sont congelés. Je ferme les yeux pour sentir refluer la vie, l'effet de chaleur glisse sur la peau de mon visage. Il fait 5 °C, une différence énorme ! Je vais mettre des heures à sentir les bouffées tièdes de mon sang ranimer mes organes. Je viens de faire ma première plongée en Antarctique, je me sens vivante.

RESTER JUSQU'AU BOUT

Monie se tasse de plus en plus. Monie, si fringante, si belle dans mon souvenir de petite fille avec sa peau brune et cuite par le soleil, Monie qui s'habillait toujours comme un marin, en pantalon et bob rond, Monie si fantasque, qui me racontait qu'elle avait caché des yeux de chèvre dans sa poitrine lors d'un dîner où ils lui avaient été servis dans son bol de soupe pour honorer sa présence à la tête de la table. Elle avait toujours cherché l'ombre mais sa personnalité, aussi solaire que rugueuse, n'en brillait que plus. Un jour, alors qu'un nouveau cameraman était arrivé à bord de la *Calypso*, elle avait débarqué. Il avait commencé à la filmer… Un grand coup dans la caméra l'en avait dissuadé !

En le regardant bien dans les yeux, elle lui avait dit : « Si tu refais ça une fois, tu es viré. » Il avait compris qui était le chef. Simone n'avait aucune envie d'être connue, contrairement à mon grand-père. Elle avait toujours cherché l'ombre, elle repartirait dans l'ombre.

Les ciseaux claquent dans la cuisine de Monaco. Monie est en train de découper un steak pour son chien. C'est bien la seule chose qu'elle fait tous les jours dans sa cuisine, ma grand-mère. Depuis la dernière fois que je l'ai vue, elle me paraît encore plus petite, quelque chose en elle me semble même avoir changé, mais quoi ? Elle n'en dit rien. À ses pieds, Youki, son bichon frisé, frétille comme un ver de terre. Cette petite boule de neige est le énième chien de Monie, qui s'entend mieux avec les canidés qu'avec certains êtres humains et voue à celui-ci une tendresse particulière : « Ce n'est pas moi qui promène mon chien, c'est lui qui me promène ! »

Nous parlons de tout et de rien, Jyc n'est pas là. À côté, le salon semble un plongeoir sur la mer tant elle est proche et habille l'horizon. Dans l'appartement pourvu d'un toit-terrasse et peuplé de meubles en bois laqué, de dauphins ou d'autres créatures marine en cristal, le silence a remplacé l'ambiance des chaudes réunions et des fêtes que j'y ai toujours connue. Elle me dit que, ce matin, elle est allée chercher ses lys qui trônent dans le vase de l'entrée, comme d'habitude. Je l'observe, je me revois sauter sur le pont de la *Calypso* quand elle était à Norfolk, pour aller la voir dans sa cabine, je la revois en Amazonie y recevoir les membres d'équipage, l'un soucieux de lui confier tel problème, l'autre se faire couper les cheveux… Tous ensemble, ils partaient pour des mois d'expédition, ces hommes étaient ses enfants, ses cousins, sa famille. Denis Martin-Laval, le médecin de bord, qu'elle adorait, m'a raconté qu'une fois, un soir avant un départ en expédition, elle l'avait envoyé acheter cent capotes. « Je connais mon équipage », avait-elle dit ! « Il n'était pas question de retourner à bord et de dire à ta grand-mère que je n'avais pas trouvé ce qu'elle m'avait demandé ! Me voilà parti la nuit, alors que toutes les pharmacies étaient fermées, à tambouriner à la grille de l'une d'entre elles : "J'ai besoin de cent capotes !" » Nous avons bien ri. Et pourtant, quelque chose a changé chez ma grand-mère devant moi, oui.

Je ne le saurai que bien plus tard. Monie était malade d'un cancer du sein qui s'étendait, mais elle n'en avait rien dit, à personne. Elle s'était fait enlever un sein en secret et elle avait fait jurer à son neveu, médecin, de se taire. Elle ne voulait pas qu'on la prenne avec des gants de coton parce qu'elle était malade. Si elle souhaitait partir à bord de la *Calypso* malgré tout, c'était à elle de le décider et à personne d'autre.

Simone était trop pleine d'ombre, de secrets qu'elle égayait de plus en plus de verres de vin. Avait-elle connaissance de toutes les infidélités notoires de mon grand-père, depuis longtemps ? Monie n'en a rien laissé paraître. Elle est restée, jusqu'au bout. Pour sa vie en mer. Pour sa *Calypso*. Trop petite, je ne savais rien de tout ça. Grande, j'aurais bu un verre avec elle.

Ma grand-mère est morte le 1er décembre 1990 à côté de mon grand-père, dans leur appartement de Monaco. Ses cendres ont été jetées dans la mer, comme l'avaient aussi été celles de son fils Philippe, mort en 1979. C'était ce qu'elle voulait. Cette femme de la mer ne pouvait pas rester à terre.

Dix ans

Connaissez-vous le *bystander effect*, un syndrome qui empêche d'agir ? On l'appelle aussi « effet témoin » ou « effet spectateur ». C'est un phénomène psychosocial qui veut que la probabilité qu'on se porte au secours d'une personne en détresse soit plus élevée lorsque l'on se trouve seul plutôt qu'avec des témoins. En clair, plus nous sommes nombreux à assister à une situation d'urgence, plus les chances que l'un d'entre nous décide d'apporter son aide sont faibles. C'est la même chose pour la protection de l'environnement.

Le 13 mars 1964, une femme du nom de Kitty Genovese fut violée et assassinée en pleine rue à New York. Bien que ses appels à l'aide aient capté l'attention d'une demi-douzaine de voisins habitant les immeubles alentour, personne n'a tenté de la secourir ni n'a appelé les secours. Jusqu'à ce qu'il soit trop tard. À la question de leur non-intervention, les réponses des témoins furent simples : « Je ne voulais pas être impliqué » ou : « Je ne sais pas. » L'affaire fut médiatisée, choquant les citoyens américains, certains parlant d'« apathie », de « déshumanisation », jusqu'à ce que des chercheurs s'intéressent aux conditions psychosociales ayant favorisé l'inaction des témoins.

La dilution de la responsabilité : Pourquoi moi plutôt qu'un autre ? On se déculpabilise, on se déresponsabilise en se disant qu'un autre va le faire. C'est ce que nous faisons tous les jours à l'égard de notre propre planète. Nous sommes témoins d'un crime et nous ne faisons rien. J'entends encore trop souvent : « Je ne suis qu'une personne, peu importe ce que je fais ! »

Excuse trop facile.

Un jour, une connaissance pas si lointaine m'a envoyé un message, alors que j'étais au fin fond de l'Amazonie : « Ça fait du bien de savoir que tu es là-bas, dans la jungle, en train de sauver le monde ! ». Je lui ai demandé de réfléchir au *bystander effect*.

2030. Nous avons dix ans pour réduire les émissions de CO_2, nous avertit un rapport de l'ONU de 2018. Dix ans pour changer radicalement de politique globale. C'est demain, 2030 ! Mon fils aura tout juste dix-huit ans. Et qu'aura-t-on fait pour que lui et sa génération ne soient pas asphyxiés ?

Nous sommes sur la voie d'une augmentation de la température mondiale de plus de 3 °C. Si nous remettons encore à plus tard les actions immédiates nécessaires pour réduire les émissions de carbone, la catastrophe climatique ne pourra plus être évitée. Des extinctions de masse seront à prévoir et de grandes parties de la planète deviendront inhabitables. Il ne faut pas croire que nous serons à l'abri. Pour éviter une telle catastrophe, les émissions de CO_2 doivent être réduites de 7,6 % par an, chaque année, entre 2020 et 2030.

Il n'y a plus une minute à perdre.

Je ne suis pas scientifique mais, partout où je vais, je vois qu'ici il fait de plus en plus chaud, là de plus en plus froid. Avant de partir en expédition en Amazonie, j'ai demandé à mes contacts sur place :

« Quel est le meilleur mois pour venir ?

— Mais Céline, ça, il y a dix ans, on aurait pu te le dire. Maintenant, on ne sait plus quand viennent les pluies ni quand elles s'arrêtent. »

Témoin

Le parvis de Notre-Dame est noir de monde. La foule, immense, se presse contre les barrières, je n'en reviens pas. Tous ces gens venus ici pour lui, tous ces gens qu'il a fait rêver, qu'il a influencés, venus lui dire au revoir.

À l'entrée de la cathédrale, nous l'attendons, nous, ses petits-enfants, sa famille, et les anciens de la *Calypso*. À l'intérieur, le président Chirac. Le cercueil arrive. Plus que jamais à cet instant, je me rends compte que mon grand-père ne m'appartient pas. Mon grand-père, celui qui m'a appris à plonger, celui dont je disais, enfant, quand on m'en parlait : « Il voyage ! », appartient à tout le monde. Je crois que je ne prends conscience de son envergure que maintenant qu'il est mort.

Une des dernières fois que nous avons parlé tous les deux, c'était dans son bureau, à Paris. Les dernières années, je l'avais beaucoup moins vu. Les temps avaient changé. Monie nous avait quittés en 1990, il s'était remarié six mois plus tard.

Il avait voulu s'entretenir avec moi seul à seul, m'expliquer qu'il s'était certes remarié, mais qu'il n'avait jamais laissé tomber Monie, que leur amour avait évolué au fil des années mais qu'il ne l'aurait jamais quittée. Il m'a parlé d'un amour qui était devenu platonique, fidèle, pas comme celui des contes de fées. Ce jour-là, je lui ai tenu tête. Il a planté ses yeux dans les miens et m'a dit : « Je te remercie de me dire ce que tu penses et te respecte encore plus. » En prenant congé, il a croisé ma mère dans la rue : « J'ai besoin d'aller me prendre un whisky ! »

Je lui sais gré d'avoir voulu me montrer de la transparence. Ces mots, ce jour-là, ne nous ont pas éloignés mais, au contraire, rapprochés. Mon grand-père n'était pas parfait, il était humain. Imparfait, blessé. Et, au fil des années, même si d'autres ne le comprennent pas ou ne l'acceptent pas, j'ai compris que l'amour de mes grands-parents avait dépassé les conventions, celle d'une vie partagée au-delà de la mer.

Peu de temps après, en 1996, *The Cousteau Society* a intenté un procès à mon père pour avoir utilisé notre nom de famille dans un complexe éco-hôtelier à Fidji. Mon grand-père le voulait-il vraiment, ce procès ? L'histoire a été abondamment relayée par les médias. Je n'en connaissais pas les tenants et les aboutissants, mais je lui ai dit que je ne comprenais pas, tout simplement. Il s'est assombri, éludant : « Oui, je sais, mais c'est juste une formalité, ça va vite passer. » Puis, devant l'abondante paperasse du procès alors empilée sur son bureau, il a lâché : « Moi aussi, ça m'attriste, regarde. »

Un an plus tard, je lui ai rendu visite sur son lit d'hôpital. Sa nouvelle femme aurait voulu m'en empêcher. Pourquoi ? Il était dans le coma, appareillé de toutes parts. C'était la première fois que je voyais allongé cet homme que j'avais toujours vu debout. La *Calypso* en ruine, Monie partie, et une dispute avec son dernier fils, mon grand-père – pourtant infatigable – avait lâché prise. Je lui ai pris la main, je lui ai murmuré au revoir. Peut-être était-ce un rêve, une sensation, mais j'ai la conviction qu'il a serré ma main en retour à ce moment-là. Il est parti rejoindre le monde du silence une semaine plus tard.

Aujourd'hui, la *Calypso* n'existe plus. Le navire mythique qui mesurait les profondeurs, observait la faune marine du monde entier, les sources hydrothermales, les sédiments, les épaves, les reliques de l'Antiquité, l'ancien dragueur de mines transformé en navire océanographique par les rêves d'un homme, embarquant à son bord tout un matériel de pointe, n'est plus. En janvier 1996, dans le port de Singapour, selon la presse, une barge poussée lors d'une fausse manœuvre la heurte et elle coule, un an avant la disparition de mon grand-père, le 25 juin 1997. Renflouée et convoyée en France sous la tutelle d'Albert Falco, l'ancien bras droit de Jyc et capitaine de la *Calypso*, elle mouille un temps à flot à Marseille, puis est remorquée vers La Rochelle où elle doit rejoindre après rénovation le Musée maritime. En 2006, elle est pillée, puis expédiée l'année suivante à Concarneau où elle pourrit en silence.

Aujourd'hui, la *Calypso* dort seule dans un chantier de Turquie, où elle attend toujours d'être rénovée après avoir subi un incendie en 2017. Le bateau de mon enfance n'a pas su naviguer au milieu des désaccords juridiques et financiers et des procès qui secouent ma famille et le public depuis la mort de mon grand-père. Entre-temps, bien des témoins de l'époque sont morts : Albert Falco, Denis Martin-Laval, André Laban, l'artiste qui peignait sous l'eau, et tant d'autres… La génération des anciens de la *Calypso* s'est evaporée. À leur tour, ils avaient essayé de sauver la *Calypso*. Je me souviens d'une de mes dernières conversations avec Bébert chez lui, dans les calanques de Marseille. Il m'a raconté, les larmes aux yeux, qu'ils avaient tout tenté pour faire reconnaitre le navire comme faisant partie du patrimoine national. Si cela n'était pas possible, il préférait la voir sombrer en mer plutôt que pourrir à quai.

« Je veux que la *Calypso* reste au service de la science et de l'éducation », avait dit en public mon grand-père avant de mourir. Mais en privé, mes grands-parents me confiaient que, si elle ne pouvait plus naviguer, « il faudrait la laisser partir, la couler en mer ». Une fin qui aurait été digne de sa vie. Mais les hommes sont nostalgiques, ils ont du mal à lâcher prise. Ou alors quelqu'un ne souhaite pas la laisser rejoindre le vrai capitaine au fond de la mer, ma grand-mère, Monie.

Le jour de la mise en terre de mon grand-père à Saint-André-de-Cubzac, à côté de Bordeaux, son pays de naissance, nous nous tenions tous, les membres de la famille, les intimes, près du cercueil, qui était déjà au fond de la tombe, prêt à se refermer. Je n'ai pu m'empêcher de m'approcher pour jeter un dernier regard avant sa fermeture. Quelle ne fut pas ma surprise quand je vis que sur le bois du cercueil avait été déposé un petit objet brillant, un dauphin de cristal. Qui avait bien pu faire une chose pareille ? Au fond de moi, j'ai toujours pensé que c'était ma grand-mère qui était revenue pour faire ce clin d'œil à Jyc. Elle avait toujours été là et le serait toujours. Jacques-Yves et Simone avaient en commun ce lien, cette passion de la mer, de l'exploration, qui surpassait tout, même la mort.

***

Je n'ai pas vraiment de lieu à moi dans le monde mais je reviens souvent au Baobab, dans la maison de mes grands-parents. J'y ai vécu un an, à l'âge de huit ans, j'y ai passé de nombreuses vacances d'été et j'y suis souvent retournée depuis.

Cette villa, mes grands-parents l'ont fait construire après la guerre. Perchée sur sa falaise, elle semble en suspens au-dessus de l'eau et pourrait même se mettre à naviguer sous sa voilure de roche. Tout dans cette maison étroite, confondue avec la pierre, regarde la mer. De la petite terrasse de la cuisine, on entend les bateaux de tourisme qui passent au large pour la signaler comme s'il s'agissait d'un musée ! Elle est toute simple, cette bâtisse, la cuisine est minuscule – mais mes grands-parents ne cuisinaient pas. À côté se trouve une chambre qu'on appelle toujours la chambre de Joséphine – la femme de ménage de mes grands-parents qui vivait sur place et s'occupait aussi des enfants.

« Tu dors où ? » « Dans la chambre de Joséphine. »

Le long du couloir, deux autres petites chambres et, derrière une porte, encore une autre que mes grands-parents fermaient quand ils recevaient, les enfants et Joséphine restant de ce côté, les adultes de l'autre. Mes grands-parents recevaient beaucoup au Baobab, y projetaient des films. Les premières plongées de mon grand-père se faisaient dans la région. Dans la chambre principale, aujourd'hui, il y a encore le trou carré au mur dans lequel Jyc mettait la tête du projecteur et à travers lequel il projetait le film sur le grand mur blanc du salon. Il y a encore aussi la grande table en bois dans la salle à manger, les assiettes de Monie décorées de poissons dans la commode, la tapisserie de Papouasie en écorces de noix de coco au mur, la statue en bois de Marie et son petit Jésus, dans un coin du salon, trouée par les vers, avec des chapeaux entassés sur sa tête. Celle-là, personne ne sait comment elle est arrivée là, même mes grands-parents avaient oublié !

J'ai passé beaucoup de temps à jouer aux billes dans le petit jardin, ou plutôt le ruban de jardin, planté de pins et de maigres plantes grasses. De là, je prenais le petit chemin de l'école, six minutes à pied tout en descendant vers le village. Je pensais à ma prochaine baignade avec mon frère, au retour, aux oursins que nous irions chercher ensemble. Quand mes grands-parents vivaient ici, mon grand-père travaillait dans son bureau, qu'il avait aménagé dans la petite tour à deux étages qui flanquait la maison, un ancien moulin à grain. J'ai placé mon bureau au même étage, face à la mer.

***

Pour le centième anniversaire de la naissance de mon grand-père, en 2010, nous sommes allés plonger avec mon père et mon frère près de l'épave du Grand Congloué, au large de Marseille. Albert Falco, André Laban, Denis Martin-Laval et quelques autres anciens nous ont aussi accompagnés. C'est là, à proximité des îles du Frioul, que ces hommes firent, de 1952 à 1957, la première fouille archéologique sous-marine. La pratique de la plongée était alors toute récente, rendue possible par le « détendeur Cousteau-Gagnan ». Au pied des tombants de l'île, ces hommes avaient rencontré un champ d'amphores vieilles de quatre mille ans. Les premières « suceuses », ces aspirateurs sous-marins, avaient été mises à l'épreuve dans cette épave par 40 mètres de fond. Il s'en souvient bien, Bébert, des caprices de l'engin qui ne cessait de se boucher pour se transformer en un serpent furieux remontant à la surface en fouettant l'eau, avant de se déboucher, faisant pleuvoir des douches de cailloux sur les plongeurs ! Mais c'est aussi au cours de l'une de ces plongées encore expérimentales que leur ami Jean-Pierre Servanti trouva la mort, de narcose.

Falco est devenu un vieux monsieur. Il a un peu de mal à mettre ses bouteilles, mais dans l'eau c'est lui qui trace le chemin dans un bouillon de bulles. Sous l'eau, il n'y a plus d'âge. Tout en suivant des yeux un banc de barracudas, je pense à ces hommes qui ont dessiné l'avenir d'une nouvelle discipline scientifique, à leurs cris de joie devant les tumulus de poteries, à lui, Bébert, qui était venu nous rejoindre, bien plus tard, lors de ma première expédition en Amazonie, en 2007. Il était ému d'être là, sur le pont, les yeux pétillants, observant plus que se mettant en avant, discret témoin du passé dans le présent.

APPRENDRE À S'ÉMERVEILLER

Comment éduquer nos enfants au respect de la Terre ? J'ai eu la chance, petite, de tomber dans ce bain-là, d'avoir le monde pour jardin d'enfant, mais je me pose chaque jour la question pour mon fils, Félix. Comment lui faire passer ce message ? Sans être pessimiste, avec enthousiasme.

Il faut aimer, certes... mais surtout il faut protéger.

Il n'y a pas pour moi meilleure éducation, meilleure *sensibilisation* à la nature que celle des *sens*, justement, pas de méthode plus naturelle que celle de l'immersion. Exposez le plus tôt possible vos enfants à la nature, un jour, à la sortie de l'école, emmenez-les hors des sentiers battus, montrez-leur ce qu'est un arbre, une plante, la vie sous l'eau, proposez-leur d'autres expériences inconnues, même inconfortables, vous leur permettrez d'acquérir des connaissances, des souvenirs, des sensations, qui feront partie d'eux pour toujours. Ils en retiendront certaines, en laisseront d'autres de côté, on ne sait jamais ce qui les impressionnera, les passionnera, les influencera, mais ce sera là, en eux.

Je crois beaucoup à la vertu de la sensation. Parfois, les choses ne peuvent pas être partagées avec de simples mots. Je ne crois d'ailleurs pas que l'on puisse inciter à protéger notre planète seulement à travers les titres du JT ou des fiches pédagogiques distribuées en cours de biologie. Il faut voir, ressentir, éprouver. Est-il indispensable d'aller en Amazonie pour ça ? Non ! L'émerveillement commence là où vous êtes.

Enlever ses chaussures et marcher pieds nus dans l'herbe ; se sentir fatigué, stressé et s'adosser à un arbre.

Quand je suis en ville, cernée de murs de béton, je me renferme. Quand je suis dans la nature, instantanément, je m'ouvre, peu importe la force voire l'hostilité des éléments. Je ne ressens pas le même rapport à ce qui m'entoure, pas la même agressivité ambiante. Je suis faite ainsi, j'ai été construite ainsi, et j'ai eu la chance de garder cet émerveillement enfantin qu'avait mon grand-père, qui entraînait tant de monde autour de lui, et qu'il a conservé jusqu'au bout. Qu'est-ce qu'il y a là-bas derrière le rocher ? Je veux y aller !

Ce n'est pas difficile à transmettre, la capacité à s'émerveiller. C'est une façon de voir la vie, à la fois simple et profonde.

Observer les racines d'une plante, c'est apprendre à observer la naissance de la vie. C'est aussi apprendre l'endurance, la beauté du monde, la présence aux choses. Comprendre que tout est interconnecté. Tout.

Vers l'autre monde

Beaucoup sont morts.

Depuis mon dernier séjour dans la jungle, trop de ceux que j'avais rencontrés en 2014 et 2015 sont partis.

Le petit garçon aux yeux éteints dans le hamac est mort.

La femme de Cacao est morte, m'a dit Beto.

La doyenne, qui devait avoir cent quatre ans, est morte.

Là-bas, on ne parle pas des morts comme chez nous. Une fois que la personne est partie dans l'autre monde, tout est fini. On enterre son corps dans la forêt, mais on ne s'y rend pas pour s'y recueillir comme nous allons au cimetière. On n'en parle plus, on n'évoque pas son nom, on ne donne pas non plus son nom à un autre enfant. Le mort est retourné à la terre, c'est tout.

Parfois, je repense à cet homme de la tribu des Matis que j'avais vu à la fin de mon voyage. Il avait voulu que je m'assoie pour me raconter la mort de sa femme, de la gangrène. Il était maquillé comme le sont les hommes de cette tribu guerrière, devenue une légende en Amazonie. Le visage peint en rouge, enduit d'urucu, un fruit rempli de graines grasses, des coquillages dans les oreilles, une défense de sanglier traversant ses narines trouées d'épines de palmier comme des moustaches de jaguar. Cet homme-là, devant moi, d'apparence invincible, s'est caché le visage dans les mains pour pleurer.

Avoir envie de vivre

J'ai toujours pensé que la Terre ne nous appartenait pas, c'est nous qui appartenons à la Terre. « Tout est lié comme le sang qui nous unit tous. L'homme n'a pas tissé la toile de la vie, à peine en est-il l'un des fils. Ce qu'il fait à la toile, il l'inflige à soi-même[1]. » La nature règne, c'est ainsi. Si vous allez en Patagonie, vous n'avancerez pas si le ciel fait gicler le vent : si vous allez en montagne sans équipement, vous ne pourrez pas grimper. Un mauvais virus issu du monde animal circule d'un bout à l'autre de la Terre, et c'est notre vie tout

1. Joseph Campbell, *The Power of Myth*, 1991. Traduction de l'auteure.

entière qui s'arrête, l'état de confinement général est décrété à travers la planète, des morts sans fleurs ni couronnes s'amoncellent dans les morgues loin de leurs familles, nos systèmes de santé et nos économies s'enraient brutalement et l'angoisse domine. Nous sommes bien petits… Quand la nature a décidé de reprendre ses droits, l'homme est rarement gagnant et est réduit à son propre corps de mortel. La nature est maîtresse de tout, mais nous avons poussé le curseur du « développement » et la démesure si loin que nous l'avons oublié. Nous sommes dans un train lancé à grande vitesse qui semble ne plus connaître d'arrêts.

C'est pour cela que j'ai besoin de retourner régulièrement dans la jungle : perdue dans mes besoins de femme moderne, dans des désirs non nécessaires, j'ai besoin de remettre mes pendules à l'heure et de réveiller mes sens. Et j'ai besoin d'alerter le monde sur ce qui se passe là-bas, si loin de nous. Une tragédie qui couve et nous menace, car nous faisons tous partie de la même tribu-monde.

Nous désignons toujours les indigènes par le terme de « tribus », mais l'homme « civilisé », moderne, passe lui aussi son temps à chercher ou à créer sa *tribu* ! Que ce soit à travers les réseaux sociaux, les religions, une pétanque hebdomadaire, les jeux vidéo en ligne, les rassemblements sportifs au stade ou les festivals comme le Burning Man, nous nous cherchons, nous nous cherchons nous-même en relation avec les autres, avec ce que nous avons en commun avec d'autres.

Il ne s'agit pas d'« eux » *versus* « nous », comme nous le pensons toujours sur cette Terre. Nous ne sommes pas des êtres séparés par des lignes de front Nord-Sud. Nous sommes une communauté d'hommes sur la même planète en danger, nourris du même air, de la même eau. Et la survie de ces indigènes, derniers remparts d'une forêt qui connaît une destruction effrénée, est aussi la nôtre. L'Amazonie est un vaste écosystème qui équilibre le changement climatique. Si elle disparaît, le réchauffement n'en sera qu'accéléré. Et cette possibilité n'est pas aussi lointaine qu'on le pense. Nous sommes aujourd'hui TOUS en état de survie.

La dépression, ou du moins l'anxiété généralisée, par rapport à notre environnement, qui se développe en particulier chez les jeunes générations, me préoccupe beaucoup. Difficile de faire venir au monde de nouvelles générations, en effet, quand on sait que l'eau va manquer, quand une maladie sans vaccin connu nous rend tout d'un coup si fragiles... Mais perdre espoir, c'est prendre le risque d'accélérer les évolutions actuelles. Ce qui m'inspire chez Beto Marubo, chez tous les indigènes que j'ai côtoyés, ce qui m'inspire aussi parfois dans les films hollywoodiens, c'est que rien n'est jamais perdu. Peu importe si nous sommes cinq, trois cents ou deux mille à vouloir défendre nos familles, notre communauté, notre cause, il faut s'y résoudre. L'anthropologue américaine Margaret Meade avait très justement dit à ce propos qu'il n'y a aucun doute qu'un petit groupe de citoyens engagés peut changer le monde. C'est la seule chose qui a toujours été ainsi. Les indigènes, qui eux aussi craignent l'extinction, n'ont jamais cessé de se battre. Pourquoi n'agissons-nous pas tant qu'il est encore temps ? Les solutions existent partout où on les cherche.

En 2018, Cape Town, 4 millions d'habitants, a été déclarée en état de catastrophe naturelle. La sécheresse qui frappait la métropole d'Afrique du Sud depuis des mois était telle que les autorités avaient annoncé qu'il n'y aurait plus d'eau potable pour la ville à la date du 11 juin, jour de l'anniversaire de mon grand-père. Coïncidence ou non, cette date butoir, à laquelle les réserves aquatiques devaient passer sous la barre des 13,5 %, a alors été appelée le « jour zéro ». Ce jour-là, Cape Town allait être la première grande métropole du monde bordée par un océan à voir tous ses robinets coupés. Plusieurs mois durant, ses habitants ont ainsi vécu dans la tyrannie du « jour zéro ». Les nantis qui jusque-là arrosaient copieusement leurs jardins se sont retrouvés au même niveau que les *townships* de la plaine où les conditions de vie et la criminalité sont les pires d'Afrique du Sud. La Ville a mis en place un programme drastique de restrictions. Cinquante litres par jour et par personne. Une douche de deux minutes, deux chasses d'eau, un peu de vaisselle, pas plus. En définitive l'effort collectif a payé et les réserves d'eau ont vu leur niveau remonter. Le « jour zéro » a été repoussé *sine die*… mais pour combien de temps encore ?

Pourquoi ne pas s'inspirer de ces solutions locales au niveau planétaire ? Pourquoi faut-il qu'on en arrive toujours à l'extrême ? Chercher, dès aujourd'hui, plus d'équilibre dans notre vie, nos modes de consommation, notre façon de voir le monde me paraît déjà un grand pas, un pas accessible, un pas à la portée de chacun.

Une des causes principales de la pandémie de Covid-19 du printemps 2020 réside dans le fait que nous ne vivons plus en phase avec l'environnement et nos rythmes naturels. Ce livre n'est bien sûr pas une incitation à tout plaquer du jour au lendemain pour aller vivre au fond de la jungle avec les anacondas ! Mais faire l'expérience de la survie, ne serait-ce qu'une fois, aide à ressentir et à comprendre le monde qui nous entoure. Ce témoignage est avant tout un appel à changer de perspective, à quitter nos habits d'Occidentaux faussement rassurés. Les hypermarchés débordent de produits et de vivres, nos villes semblent s'élever tels des remparts protecteurs contre la pénurie, contre tout, mais un jour, tout cela ne sera plus qu'un leurre si nous ne changeons pas maintenant. Nous devons impérativement travailler à un nouvel équilibre vertueux, à la fois individuel et collectif. Les scientifiques l'ont prouvé : donner de soi, faire du bien aux autres rend plus heureux. Et si on se levait le matin en se disant que l'on va faire du bien à la nature et aux autres, plutôt que de penser à poster une photo en maillot de bain ou des cocotiers sur Instagram ?

Et si, en nous révélant à nous-même, le maudit coronavirus avait pu être bénéfique ? Espérons que la pandémie nous aura fait comprendre que le même sort nous attend, tous !

J'ai eu cette chance d'avoir Jyc comme grand-père. Partout où je vais dans le monde, beaucoup de gens me parlent encore de lui, partagent avec moi leurs souvenirs : « Ton grand-père m'a inspiré » ; « Je suis devenu biologiste grâce à lui » ; « J'ai commencé à plonger à cause de lui. » Il n'y a pas longtemps, en Amérique centrale, on m'a même dit : « Ici, dans les années 1980, c'était la guerre civile, et tous les soirs, il y avait le couvre-feu ; alors on était obligés de rentrer. On se passait le programme de ton grand-père à la télévision et on oubliait tout ce qui se passait dehors. »

Souvent, on me demande à quel point il m'a marquée, influencée. Je réponds en général de la manière suivante : « Beaucoup. Mais Jyc était la face émergée de l'iceberg, est-ce que vous avez regardé sous l'eau ? » Mon grand-père, je le vois tel qu'il était, entier. Je ne peux pas parler d'une partie sans parler du tout. Derrière lui se tient toute ma famille, ma grand-mère, ma mère, mon père, et tous les hommes de la *Calypso* dont la liste est si longue… On n'honore que la célébrité et on oublie le reste ! J'espère donc avoir aussi rendu hommage à toute cette part de l'ombre, à toutes ces graines que tous ces amoureux de notre Terre ont fait germer en moi, comme ce livre fera peut-être germer en vous quelques graines.

En apparence, je suis une femme issue d'une lignée d'hommes. Ma grand-mère a choisi l'ombre, et d'une certaine façon ma mère aussi. Quant à moi, je vis à une autre époque, les temps ont changé. Mais j'oscille entre les deux, entre ombre et lumière. J'aime préserver une part d'anonymat et de calme dans ma vie, loin des caméras et des journalistes. Dualité toujours présente. Et pourtant, on me demande encore à chaque expédition : « Mais ce n'est pas dur en tant que mère de partir dans la jungle et de laisser ton fils ? » Question que l'on ne poserait jamais à un explorateur du sexe masculin et qui assume une certaine froideur qui n'est pas moi. Nous avons encore du chemin à faire pour que la femme ait elle aussi le droit – sans parler du devoir – de changer le monde !

J'aurais aimé poursuivre le dialogue avec mon grand-père, lui raconter ce que je fais. Cette continuité lui aurait donné de la joie. On me l'a répété plusieurs fois : « Ton grand-père serait fier de toi. » Ce sont des femmes qui me le disent. Lui et Monie étaient des gens de la mer, comme mon père qui, à quatre-vingt-un ans, plonge encore et se verrait bien partir un jour en plongée, détaché de tout. Je suis issue de deux familles paternelles et maternelles opposées. D'un côté, l'eau, la mer de l'autre, la terre, l'Aveyron, la campagne profonde. J'ai besoin autant de terre que de mer, des hommes que des arbres. Je crois que l'un ne peut rien sans l'autre. Dualité complémentaire.

Récemment, à New York, le MoMA a accueilli une exposition intitulée *We are going exctinct, how to do it with dignity !*, que l'on pourrait traduire par : « Nous allons disparaître, autant le faire avec dignité ! » Le titre m'a marquée. Je crois en effet qu'il y a dans cette grande histoire humaine, la nôtre, un début et une fin, que j'espère voir venir le plus tard possible ! Et je ne crois pas du tout qu'il faille baisser les bras, au contraire. Il n'y a aucun problème qui n'ait pas de solution. Demandons-nous simplement si nous disposons de la volonté, individuelle et collective, de mettre en place les actions nécessaires.

L'épreuve récente et commune de la Covid-19 sera peut-être notre chance, la chance de nous considérer enfin sous un autre angle, plus réaliste, celui d'êtres vulnérables et interdépendants, la chance d'évoluer vers un état de conscience plus aigu. Nous sommes confrontés à un phénomène biologique qui s'inscrit dans la loi du vivant, laquelle se manifeste aussi par la destruction et la mort. La maladie fait partie de la vie au sens biologique. Elle nous menace et nous met à l'épreuve. Des êtres qui se croient invulnérables ne peuvent pas se sentir responsables. Non, les catastrophes, sanitaires ou écologiques, ne touchent pas que les autres. Non, tout cela n'arrive pas qu'aux autres.

En nous rappelant notre faiblesse, en nous rappelant à nos propres responsabilités individuelles, l'épidémie nous a rendus plus forts.

Et si la peur peut conduire à la panique, elle peut aussi conduire à une colère saine et salutaire. Elle est en tout cas le seul moyen de nous confronter à nos propres limites.

Nous devons laisser la nature reprendre son souffle.

Ma famille sonne l'alarme depuis trois générations.

Ce qui va déterminer notre volonté de créer ce changement positif, de changer nos modes de production, de consommation et notre façon de voir les autres et le monde, c'est de se demander si nous avons vraiment envie de vivre.

« Il est faux de dire que l'Amazonie appartient au patrimoine de l'humanité et c'est une erreur des scientifiques de dire que notre forêt est le poumon de la planète. »

Jair Bolsonaro,
président du Brésil,
le 24 septembre 2019,
devant l'Assemblée générale
des Nations unies

« Le but de la vie est de faire battre votre cœur au rythme de l'univers, que notre nature humaine soit en harmonie avec la nature. »

Joseph Campbell

Remerciements

À mon éditrice, Sophie de Closets, qui a cru en ce livre.

À Delphine Saubaber, qui a su tisser avec moi tous les liens que je vois dans le monde.

À ma famille et mes amis, qui m'ont encouragée, qui m'ont écoutée avec patience, et qui étaient présents après chaque expédition.

Aux guerriers de tous les jours, qui se battent pour une cause, envers et contre tout, pour nous tous. Je compte sur vous pour être des leurs.

Table des matières

Composition et mise en pages
Nord Compo à Villeneuve-d'Ascq

CET OUVRAGE
A ÉTÉ ACHEVÉ D'IMPRIMER
SUR ROTO-PAGE
PAR L'IMPRIMERIE FLOCH À MAYENNE
EN AOÛT 2020

PAPIER À BASE DE
FIBRES CERTIFIÉES

Fayard s'engage pour
l'environnement en réduisant
l'empreinte carbone de ses livres.
Celle de cet exemplaire est de :
850 g éq. CO_2
Rendez-vous sur
www.fayard-durable.fr

N° d'impression : 96642
51-9169-0/01
Imprimé en France